FLESHGONE

Michel MARPONT

FLESHGONE

Roman

Édition : BoD – Books on Demand

© 2009, Michel Marpont SGDL
© 2020, Michel Marpont, BoD
Édition : BoD – Books on Demand,
12/14 rond-point des Champs-Élysées, 75008 Paris
Impression : BoD – Books on Demand, Norderstedt, Allemagne

ISBN : 9782322239757

Dépôt légal : août 2020

Nadia se laissa légèrement mouiller par la frange irisée d'un jet d'arrosage tandis qu'elle traversait la place de la Navigation. En ce premier jour d'été, le soleil inondait Genève et la fraîcheur de l'eau sur ses jambes fut la bienvenue.

Un sourire espiègle illumina son visage lorsque le désir de faire l'amour avec Lucas l'envahit de nouveau corps et âme. Pourtant ils l'avaient fait la veille, jour de son arrivée, avec une tendre intensité... Et tout un week-end, deux semaines auparavant, bien que ce fût la première fois qu'elle vint chez lui. Elle avait déjà connu des affinités érotiques intenses, bien sûr, mais rarement. Cette fois-ci, avec Lucas, elle était certaine que leurs désirs émanaient d'un sentiment amoureux vif et partagé. Alors elle s'en réjouissait.

Elle remarqua soudain une parcelle de terrain, isolée entre des hauts murs, couverte d'herbes folles et plantée d'un unique saule pleureur. Elle s'arrêta, un peu surprise par ce carré de nature, cet espace insolite, car apparemment oublié par les promoteurs immobiliers. L'arbre, hélas en sursis, très épanoui, avait deux nœuds ovales et symétriques.

Le souvenir d'un masque exhumé récemment lui revint : les yeux en étaient tout aussi elliptiques. Elle aidait une amie et collègue sur un site de fouilles dans le sud de l'Espagne et, parmi de nombreux artefacts, il y avait cet objet étrange.

Mais elle vit les nœuds du saule se teinter d'un noir profond et devenir vivants. Elle sursauta et regarda rapidement autour d'elle... Car depuis son récent retour elle subissait des images, nettes et précises, incongrues, irréelles.

Elle ne voulait pas les nommer « hallucinations »... Et encore moins « malédiction façon Toutankhamon »... Jusqu'à présent, cela ne lui arrivait que dans un cas précis...

Elle scruta de nouveau le saule pleureur et éclata d'un rire bref. L'illusion avait cessé : les nœuds avaient retrouvé une apparence normale, sur un tronc d'arbre ordinaire.

Soulagée, elle repartit en se demandant si sa relation avec Lucas n'allait être qu'une parcelle de leurs vies, si elle allait être réduite à néant...

Car elle vivait en France et avait une fille, Aminata, âgée de huit ans. Et aussi son métier d'archéologue qui la passionnait mais nécessitait des voyages fréquents. Absences qui réjouissaient plus ou moins sa mère, chargée alors de veiller sur Aminata mais qui désolait l'enfant à chaque éloignement. Nadia partait donc toujours vers un site de fouilles avec un mélange de plaisir et d'amertume.

Mais pour le moment, Aminata clamait « qu'elle voulait mettre les voiles » et ajoutait, avec une légère perfidie enfantine, « elle aussi ». Aminata préférait le surf mais, cet été, elle souhaitait aller vraiment ailleurs. Et elle répétait ce « vraiment » sur tous les tons...

Nadia avait tenté de lui faire voir la côte basque, où elles étaient heureuses de vivre, avec les yeux d'une touriste, mais en vain. Pour Aminata, passer trois cent soixante cinq jours par an à Biarritz transformait ce lieu de villégiature, l'été venu, en ennui. Et pour elle, il fallait que les vacances soient aussi délirantes et ludiques qu'un clip de Yelle.

Nadia avait maudit, en silence, le père de sa fille qui la laissait surfer sans surveillance sur le Web. Espace tout aussi dangereux, potentiellement, que l'océan. Mais également prodigieux, elle en convenait.

Elle avait donc visionné le clip avec Aminata qui en avait profité pour dire « qu'elle aimerait embrasser un garçon » et que ça semblait « méga bigoudi ! ». Nadia s'était demandé si l'expression venait du mot « échevelé »… Mais elle avait été soulagée que sa fille ne lui demande pas comment un garçon pouvait « faire des ronds avec son bazar »… Après quoi, amusée par le clip, elle avait suggéré à sa fille de lui proposer, elle, des vacances aussi ludiques et délirantes.

Mais Nadia voulait limiter ses dépenses. Non : était obligée de… Ce qui n'était pas le cas du père d'Aminata, avec qui sa fille passerait un mois à Bordeaux. Mais s'y amuserait peu…

Il leur restait la possibilité toute simple d'aller chez Julie, une amie qui vivait dans le Tarn et les avaient invitées à venir en juillet. Là-bas, Aminata pourrait s'initier au kayak.

Autre souci : partir tout un mois, cela voulait dire aussi priver la mère de Nadia de sa petite fille qu'elle voyait presque tous les jours. Est-ce qu'elle allait se contenter de bavardages avec ses amies mamies du voisinage ? Allait-elle se laisser envahir par l'ennui ?

Finalement, Nadia décida qu'un mois d'absence ce serait peu...

Elle fut tirée de ses réflexions par un homme d'une cinquantaine d'années qui arrivait en sens inverse, tête baissée, comme un boxeur cherchant une ouverture. Elle l'observa pour éviter une éventuelle bousculade mais il leva les yeux.

L'homme vit le sourire de Nadia et se sentit touché bien qu'il sût que cette joie ne lui était pas destinée. Il aima la démarche souple, les sandales plates, la jupe courte et volantée, ocre et chocolat. Également le bustier beige qui révélait des seins aériens et laissait voir les épaules douces et rondes. Et aussi les tresses fines, lestées de perles colorées, qui dansaient à chaque mouvement.

Lorsqu'ils se croisèrent, Nadia ne vit pas le trouble de l'homme mais remarqua seulement sa chemise hawaïenne qui lui rappelait un certain surfer, inlassablement fluide et déjà loin. Un homme qu'elle avait aimé et qui n'aimait que les vagues... Mais ce surfeur-là ne connaissait pas le « Raimana world »... Un instant plus tard, elle rejoignit la rue du Môle où résidait Lucas.

Lui, elle l'avait rencontré six semaines plus tôt, au bord du lac de Bienne, dans le canton de Berne où elle avait participé à un colloque international qui avait réuni environ deux cents archéologues protohistoriens.

Journaliste free-lance, il rédigeait un article pour la Tribune de Genève sur les palafittes des environs et sur la découverte des vestiges de la plus ancienne maison du pays, datée par dendrochronologie de 3863 avant J.C.

Ce jour-là, Nadia n'avait vu qu'un beau mec intéressé provisoirement par la même chose qu'elle et qui vivait loin. Aussi loin que le surfeur trop glissant... Aujourd'hui, elle savait qu'elle avait ressenti, sous la surface, une attraction immédiate. Mais masquée par la crainte résiduelle de sa déconvenue récente.

Quant à Lucas, il n'avait semblé ressentir qu'une curiosité professionnelle. Nadia attendait un moment favorable pour lui demander ce qu'il avait intérieurement vécu ce jour-là. Mais les jours intenses qu'ils venaient de vivre la dispensait de cette petite « archéologie » sentimentale...

Deux semaines après cette première rencontre, invitée par une collègue sur les fouilles de la place de Vandœuvres, à six kilomètres de Genève, elle retrouva Lucas dans les vestiges d'une villa romaine du premier siècle.

Et là, avec joie, dans les yeux de cet homme, elle se vit la bienvenue... Des yeux très bleus, étirés, orientaux, souvent malicieux, qu'elle aima dès cet instant. Alors cette fois-ci, elle l'observa avec soin. Il était plutôt grand et portait un jean regular noir, un polo rouge et des baskets. Et il émanait de lui une nonchalance très virile.

Après s'être reconnus et avoir échangé deux ou trois phrases banales à propos des coïncidences, ils avaient noué un dialogue aisé, évident, surtout lorsqu'ils cessèrent de parler d'archéologie.

Un dialogue ouvert aux lendemains qui tentent.

Depuis, ils avaient échangé de nombreux courriels et avaient eu plusieurs conversations via le Net. Finalement, Lucas l'avait invitée à venir passer un week-end à Genève. Et pour cette seconde fois, quelques jours.

Nadia n'avait pas craqué à ce point pour un homme depuis plusieurs années. Depuis le père d'Aminata, tout bien réfléchi... Pourtant, les deux hommes étaient très différents.

Lucas, lui, avait passé son enfance jusqu'à l'âge de dix-huit ans, entre un père médecin et une mère documentaliste à Arzier, un village à quarante kilomètres de Genève. Puis il avait vécu et étudié une année aux USA, où il avait rencontré des gens aussi différents que les Amish dans l'Ohio et les Sioux dans la réserve de Pine Ridge... Ou d'autres minorités, comme les Russes de Little Odessa à New York.

Ensuite, il avait continué ses études à Genève. «...qui me semblait grande lorsque je vivais à Arzier et beaucoup moins après avoir vécu à New York...» avait-il précisé avec un sourire amusé. Et il avait ajouté que son désir de voir le monde était probablement né de cette longue enfance dans un même lieu, qu'il aimait toujours malgré tout.

Lucas lui semblait ouvert, éclectique et bien sûr intelligent... Intelligence intellectuelle mais surtout du cœur. Pourtant, malgré cela et malgré leur attirance évidente, elle estimait le connaître encore trop peu pour savoir si elle pourrait ou non, lui révéler un jour son secret.

Un secret qu'elle partageait pourtant déjà avec quelques milliers d'êtres humains…

Évidemment, commencer sa relation amoureuse par un non-dit l'irritait mais elle n'avait pas d'autre possibilité. Et pour chasser son agacement, elle récapitula ce qu'elle avait acheté pour le repas de midi : des poivrons, des tomates, de l'ail, des abricots et un melon. Elle avait proposé de préparer une piperade.

Le désir de lui cuisiner ce plat était né deux jours plus tôt et, en prévision, elle avait apporté dans ses bagages, du jambon de Bayonne et du piment d'Espelette. De son côté, Lucas se chargeait du vin et du pain complet qu'il choisissait dans deux épiceries fines différentes.

À trente ou quarante mètres de l'immeuble ancien où habitait Lucas, Nadia aperçut un homme et une femme qui allaient y entrer quasi simultanément. Elle plissa les paupières et focalisa sur le vieux monsieur qui semblait avoir une hésitation. Il voulait sans doute se montrer galant mais la femme grimaça un sourire froid qui le remit en mouvement. Il ouvrit donc la porte et la femme entra sur ses talons.

La porte serait refermée quand Nadia arriverait mais elle avait le code. Elle passa sous l'arcade de l'entrée, flanquée de deux cariatides aguicheuses puis attendit une minute devant l'ascenseur dont le voyant lumineux restait allumé.

L'appareil semblait bloqué, peut-être par un bavardage qui s'éternisait, oublieux des autres. Et l'appartement de Lucas se situait seulement au troisième étage.

« Allez... c'est pas la face nord du Cervin... »

Sportive et légère, Nadia n'hésita donc pas à prendre l'escalier de béton resté gris qui contrastait avec l'élégance du hall.

Quelques marches avant d'arriver au dernier palier, elle leva la tête et reconnut la revêche qui était entrée en suivant le vieil homme élégant. D'un coup d'œil professionnel, quasi photographique, elle détailla cette femme aux cheveux noirs, âgée d'une quarantaine d'années, de taille moyenne et bien vêtue. Mais, saisie par le regard glacial braqué sur elle, Nadia rata la dernière marche, chuta sur le palier, roula et se retrouva adossée au mur.

En levant de nouveau les yeux, elle vit alors avec acuité une seringue dans la main de l'inconnue.

« Une junkie ? » se demanda Nadia pendant une fraction de seconde, avant de hurler deux mots en esquivant l'aiguille :

– Tang, sedd !

À une longueur de bras de sa cible, l'attaquante émit un cri bref et lâcha la seringue en plastique qui alla heurter le mur. En moins d'une seconde, elle ferma les yeux, parut statufiée et tomba vers l'avant. Nadia la retint pour amortir partiellement sa chute. Ensuite elle sentit son cœur s'accélérer et elle haleta brièvement : la peur ne la saisissait que maintenant.

Elle se planta fermement sur ses deux jambes et respira profondément pendant trente secondes pour se calmer.

– Sedd, tang... murmura-t-elle ensuite.

Puis elle fit un pas en arrière. Et recula encore et encore, se sentit perdue, fit demi-tour et se mit à courir, tourna à droite dans un autre couloir puis à gauche, monta des marches et trouva de nouveau un corridor. Elle se retourna et se vit poursuivie par un homme à tête de vautour. Et ce charognard voulait la dépecer de son bec acéré...

Terrifiée, elle courait toujours. Mais elle se découvrit prisonnière d'un labyrinthe tridimensionnel. Et ce vautour émettait des cris de haine et tendait des bras humains, prolongés de griffes immenses... Sur les murs de pierres, elle découvrit des hiéroglyphes mais elle n'osait pas ralentir pour les déchiffrer. Tandis que derrière elle le monstre ricanait follement. Il menaçait de la déchiqueter ou pire encore de l'ensevelir vivante dans un sarcophage noir, rempli de sable, cent pieds sous terre...

Nadia comprit qu'elle était dans une pyramide. Elle bifurqua une nouvelle fois et vit avec effroi qu'elle entrait maintenant dans une longue impasse. Plus elle s'approchait du mur du fond, plus elle reconnaissait une immense croix ansée. Alors elle décida de prier Isis avec ferveur pour être délivrée de cette horreur. Avec soulagement, elle vit la paroi du fond devenir un rectangle de lumière vive... Puis une paroi de béton gris.

Nadia revint au présent.

L'hallucination qui parfois la saisissait avait cessé. Et elle constata qu'une pensée, saugrenue en cet instant, la traversait : elle avait oublié d'acheter de la menthe. Ingrédient inutile pour une piperade, bien sûr, mais elle avait eu envie de thé parfumé.

Inattendue aussi, une colère intense émergea car une agression suivie d'une hallucination, c'en était trop. Nadia eut envie de gifler cette inconnue pourtant inconsciente mais elle se retint. Et elle renonça également à la fouiller.

Finalement, elle se pencha et posa deux doigts sur la carotide de la femme. Et fut soulagée en sentant que le pouls restait normal. Elle ramassa la seringue et vida le contenu sur le béton, bien que son geste lui parût dérisoire.

« Cette dingue va peut-être reprendre conscience dans quelques minutes... »

Elle examina la femme de la tête aux pieds. L'inconnue portait une veste légère grenat, un tee-shirt et un pantalon noir en cuir souple, une ceinture tressée argentée et des bottines à bouts ronds.

« À voir ses fringues, cette conne a assez de fric pour s'acheter sa came !... »

Nadia reprit son sac à dos avec un geste de colère. En fait, elle savait pourquoi cette femme l'avait agressée...

Elle gravit les marches qui restaient et, devant la porte de Lucas, chercha le double de la clé. Elle fouilla dans la poche gauche du sac et se demanda si la clé était tombée pendant sa chute. Non, impossible : cette poche était fermée. Elle s'énerva quelques secondes avec le zip de la poche droite et trouva enfin l'objet.

02

Soulagée, Nadia entra et verrouilla, alla dans le coin cuisine et posa le sac à dos devant le réfrigérateur couvert d'aimants bariolés. Elle resta quelques secondes immobile devant ce puzzle sans motif, le regard un peu vague.

Et, clic, clac, une paire de ciseaux dont les deux ovales pour les doigts avaient des apparences d'yeux, lui coupa le souffle. « Nous avons une attraction spéciale, toi et moi... » crut-elle entendre, dans le cliquetis des deux lames. Car la pensée soudain surgie de ses profondeurs semblait sonore. Elle secoua doucement la tête puis regarda le plafond.

« Encore !?... marre de ces hallus à la con ! ».

Quand elle regarda de nouveau l'aimant, une publicité pour une papeterie de Genève, la paire de ciseaux avait encore des yeux de dessin animé, mais immobiles...

Elle tourna le dos au réfrigérateur, prit un verre sur le plan de travail et le remplit d'eau à l'évier d'émail bleu clair. Elle le but lentement, en sentant que la peur l'avait asséchée. Et tandis que le stress de cette agression s'éloignait, une inquiétude plus profonde commença à l'envahir.

Cela faisait déjà deux mois qu'elle redoutait confusément ce qui venait de se produire... Mathis, un de ses amis, lui avait confié que sa maison avait été visitée en son absence. Il n'avait relevé aucun indice patent, seulement senti une légère odeur

inhabituelle… Mais il avait aussi évoqué un projet qui pouvait peut-être compromettre leur secret commun.
En avait-il trop dit ?… Qui d'autre était au courant ?… Téa, bien sûr. Et Mercè, évidemment… Mais aucun de ses amis ne pouvait l'avoir trahie, elle en était certaine.

Malheureusement, sans relation directe avec eux, il y avait des milliers d'autres personnes impliquées dans l'affaire…
Et elle doutait qu'une information partagée avec autant d'êtres humains ne fût pas déjà divulguée malgré les mesures de sécurité prises… Elle craignait maintenant le pire : qu'une organisation puissante connaisse une partie de l'affaire.
Car la totalité restait beaucoup plus inaccessible…

Nadia était arrivée à Genève la veille. Elle en déduisit donc que ceux qui la traquaient le faisaient depuis la France. Ils s'imaginaient probablement qu'elle avait apporté la mallette ici, en Suisse. Ils n'étaient donc pas certains que l'objet se trouvait chez Mercè. Mais ce n'était certainement que le début de leur traque… Et cette femme qui venait de l'agresser constituait la partie émergée d'un iceberg…
Nadia pensa soudain à Aminata, restée chez sa mère qui vivait également à Biarritz. Le samedi matin, elles allaient presque toujours faire le marché.
Saisie de peur, elle chercha fébrilement son smartphone dans son sac à main, lui-même resté dans son sac à dos, au milieu des provisions.
Elle alla s'asseoir et appela :
– Maman, c'est moi. Ça va ?
– Je reconnais toujours ta voix, tu sais…
– Oui, euh… Mina est avec toi ?
– Bien sûr, nous venons d'acheter des cerises et…
– Parfait ! Ne la perds pas dans la foule, hein !?

– En voilà une idée ! Tu ne m'appelles tout de même pas pour me dire ça ?

Nadia sentit sa mère légèrement irritée et décida de biaiser, agacée à son tour.
– Mais non ! J'ai oublié de te demander d'arroser mes plantes...
– J'y avais pensé, figure-toi... ça va à Genève ?
– Oui...
– Tu veux dire un mot à Mina ?
– Oui... au revoir Maman !
– Au revoir, Nadia.

Il y eut deux secondes de silence.
– Maman ?
– Oui, mon cœur. Ça va ? Ça se passe bien ?
– Oui, on a acheté un kilo de cerises.
– Vous allez faire un clafoutis ?
– Je sais pas. Mamie m'a pas dit...
– Tu verras bien... régalez-vous de toute façon... bon, il faut que je te laisse maintenant... bisous. À bientôt.
– Ah... à bientôt. Bisous.

Partiellement rassurée, Nadia composa le numéro de Mercè, à Barcelone. Elle n'eut que le message d'accueil, en catalan. Elle mentionna l'agression, insista sur l'importance du danger et conseilla de quitter la ville dès que possible.
Elle se sentit désemparée et alla dans la salle de bain se passer de l'eau sur le visage. Après quoi, les yeux fermés, elle s'essuya et souhaita pendant quelques secondes avoir fait un cauchemar.

Un miaulement très doux la rassura : Toupie, la chatte de

Lucas, venait de quitter la chambre pour venir se faire câliner. Nadia s'assit sur le bord de la baignoire et prit l'animal sur ses genoux. Elle releva la tête et regarda une photographie en noir et blanc : « Rats Tails » de Lee Miller. Une photographie absente de cette pièce lors de sa précédente visite.

Un sourire lui vint. Lucas avait-il voulu amuser Toupie avec cette photo : quatre rats de dos qui ne laissaient voir que leurs quatre queues ?

« Reste... verte... ouverte... »

L'un des rats semblait s'être retourné et lui avoir fait un clin d'œil. Une autre illusion, très brève, venait de la traverser... Était-ce un souvenir déformé d'une boutade de Lucas ?...

Dans un premier temps, au téléphone, il avait dit : « J'ai un chat mandarine ». Amusée, Nadia lui avait donc demandé : « L'as-tu teint ? ». Elle avait été obligée de répéter la question puis avait ajouté : « Si oui, il devrait être châtain...». Quelques secondes s'écoulèrent avant que Lucas ne rit. Après quoi, il avait précisé que Toupie était une femelle de type mandarin.

Il fallait le prévenir : cette femme n'avait pas l'air d'une baltringue et elle avait probablement des complices. Ils viendraient peut-être défoncer la porte...

Mais en caressant distraitement l'animal, Nadia se demanda ce qu'elle allait dire. Prétendre avoir été attaquée par une junkie, éventuellement raciste, serait peu crédible mais tout révéler maintenant s'avérait impossible. « Et merde... pourquoi je me suis laissée embarquer dans cette affaire ?... ».

Elle posa doucement l'animal et se dirigea vers le téléphone fixe dans la salle de séjour. Lucas avait insisté pour qu'elle s'en serve pendant son passage à Genève, au lieu de consommer son forfait...

13

Elle venait de composer le numéro du smartphone de Lucas lorsque trois coups secouèrent la porte d'entrée...

***

Loin de Genève, mais au même moment, Mathis Gagnon fit une pause devant la vitrine de sa papeterie. Et il en profita pour vérifier son allure : un nouveau polo couleur menthe, un jean mais de bonne qualité, des joggers vertes également, et qu'il avait trouvées sur le Net...

Les cheveux blonds restaient mi-longs, ça pouvait encore aller... Il revint à l'examen minutieux de sa devanture et, au bout de deux minutes, il décida d'en modifier tout l'agencement. Il avait envie de couleurs estivales. Il choisit de retirer une série de boîtes à archives qui imitaient avec élégance des livres anciens mais dont la teinte marron ne lui convenait plus.

Il allait répartir tous les articles en quatre couleurs : vert, jaune, rouge et bleu.

Ici, les albums photos, les blocs à lettres, les stylos plume luxueux, les marque-pages et les feuilles à dessin. Là, les tapis de souris imprimés, les chemises et les classeurs. Ailleurs, un empilement d'agrafeuses, d'aimants boutons et de punaises, tous rouges. Au milieu, deux globes terrestres lumineux dont les états constituaient un puzzle multicolore.

Assez satisfait de son idée matinale, mais sans en espérer une augmentation significative des ventes, Mathis coupa la vidéo surveillance wi-fi et entra.

Il était bien trop tôt pour ouvrir et aucun client ne franchirait la porte avant au moins deux heures. Il avait le temps... Mais il demanderait à Harvey, son jeune employé, de vider la devanture lorsqu'il arriverait et ferait lui-même le nouvel agencement. Il l'aimait bien mais sans la moindre ambiguïté bien qu'il fût attiré par les jeunes hommes.

Harvey était le fils choyé d'une famille fortunée mais il avait vécu quelques mois dans un squat à Montréal… Mathis l'avait embauché provisoirement car, malgré le genre voyou qu'il se donnait et son caractère inconstant, le garçon aimait vraiment les livres.

Par ailleurs, Mathis connaissait depuis six mois son très séduisant frère aîné, Peter. Un homme charmant, tout à fait à son goût, avec lequel il se réjouissait d'aller se balader dans la baie des Ha-Ha, au bord du Saguenay, le lendemain sauf imprévu…
Mathis déplaça une gondole garnie de pochettes de stick-ups bariolés et soupira. Avec les difficultés financières qu'il traversait, il envisageait de se séparer d'Harvey à la fin de son contrat. Pourtant, il avait eu récemment une petite idée pour améliorer sa situation et avait décidé de solliciter l'aide de Téa et Nadia. Mais cela impliquait l'utilisation partielle de leur secret et il doutait qu'elles approuvent son choix…
Cette perspective lui donna soudain le blues. Alors il décida de retrouver Peter le jour même et, qui plus est, de rester avec lui jusqu'au soir. Harvey se mettrait en congé tout seul, il n'en doutait pas… Il allait l'appeler de toute façon.
Mathis réussit à joindre Peter dans la minute suivante et sourit enfin quand il reçut une réponse favorable pour cette balade impromptue. Il ferma donc sa boutique avant même d'avoir accueilli un seul client. Un choix tout à fait inhabituel pour un samedi mais il avait hâte d'aller à son rendez-vous.

***

Gris et rugueux sous la joue, le béton était froid également. Quand Susan Delta-Smith ouvrit les yeux, elle vit immédiatement la seringue vide. Elle s'assit brusquement, dos au mur, prête pour une éventuelle contre-attaque. Mais en une seconde, elle constata que sa cible l'avait laissée seule. Néanmoins, elle glissa une main sous sa veste et dégaina son Beretta 90 two.

Que s'était-il passé ? Elle était certaine de ne pas avoir été frappée.
Et les commanditaires avaient bien décrit leurs contrats comme de simples particuliers, sans entraînements spéciaux. D'ailleurs, cette idiote lui avait laissé son arme. Susan Delta-Smith eut pourtant un doute et vérifia que le barillet contenait encore des munitions. Elle se releva et, d'un revers de main, épousseta ses vêtements. L'élégance lui importait beaucoup et, pour elle, un travail réussi impliquait qu'elle restât impeccable. Après avoir glissé l'aiguille à l'intérieur de la seringue, elle empocha l'objet. Il n'y avait aucune empreinte, bien évidemment, mais la police pouvait en tirer d'autres informations. Elle sentit une irritation la gagner : elle venait de manquer une cible pour la seconde fois en un mois.
Quatre semaines plus tôt, elle avait seulement blessé un jeune banquier suisse qu'elle devait éliminer, et ce dans des conditions pourtant idéales. Mais cette erreur-là avait été causée par sa manie de vouloir atteindre la tête de son objectif. Elle avait terminé ce contrat par une injection mortelle, en s'introduisant de nuit dans la clinique où le type, resté inconscient, n'avait évidemment rien vu venir.

Aujourd'hui, elle estimait avoir eu un manque de chance exceptionnel. Si cette Nadia Demba n'avait pas raté une marche, l'enlèvement aurait réussi. Et maintenant sa cible allait

16

être sur ses gardes et ce Lucas Vallorcin allait compliquer les choses. Un kidnapping constituait déjà un travail inhabituel, deux à elle seule amplifiait la difficulté. Elle allait donc devoir abattre d'abord le journaliste.

Elle fit une grimace en serrant les dents : cet imprévu n'expliquait pas son évanouissement. Elle regarda sa montre : il allait être treize heures.

Elle évalua sa perte de conscience à seulement dix ou quinze minutes mais la victime allait certainement prévenir les flics. Il fallait filer sans perdre une seconde. En bas de l'escalier, elle entrebâilla la porte qui donnait dans le hall, s'assura que personne ne s'y trouvait et sortit.

Dans la rue, une vingtaine de mètres plus loin, Susan Delta-Smith s'arrêta deux secondes à hauteur d'un fourgon gris métallisé, sans un regard pour l'un de ses sous-fifres assis côté passager. Ces types, Anton et Karl, deux petits dealers recrutés localement, ne savaient quasiment rien de l'affaire mais n'avaient pas oublié leur convention : si elle s'immobilisait là, avec son smartphone à l'oreille, ils devaient rester en planque et surveiller la française, puis la suivre le cas échéant.
À l'affût de tout mouvement suspect, elle continua de s'éloigner et chercha des rues plus fréquentées. Il lui fallait maintenant contacter Tweed-Eye pour envisager la suite du contrat.
Et, chose plus irritante, il allait falloir attendre un peu plus longtemps que prévu avant de s'offrir, comme chaque fois après un contrat bien payé, une cure de jouvence dans une clinique de Genève. Le séjour lui coûtait tout de même quinze mille francs suisse par semaine...

Malgré sa longue expérience, mais peut-être à cause de son évanouissement, elle ne remarqua pas la jeune femme qui l'épiait, cachée à l'arrière d'une Alfa Roméo 166, garée non loin du fourgon.

03

Après s'être assuré qu'il s'agissait bien de Susan, Stacy s'allongea sur la banquette arrière, sous un amas de serviettes de plage. L'Alfa Roméo lui avait été prêtée par son fiancé et Stacy s'était résignée à lui mentir pour justifier cet emprunt. Elle se sentait tout à la fois un peu ridicule, en colère et perplexe. Susan, qu'elle croyait bien connaître, qui se disait reporter-photographe, serait une tueuse à gages ?...

Elles s'étaient encore vues six mois plus tôt et Stacy n'aurait jamais imaginé en arriver à supposer une telle chose. Elles s'étaient promenées tranquillement dans les environs de Pierre-Pertuis, le long de l'ancienne voie romaine, et s'étaient photographiées sous l'arche taillée dans le roc.

Mais quatre semaines plus tard, Stacy avait été témoin par hasard d'une tentative d'assassinat. En visite chez une amie à Lausanne, elle flânait seule un soir à l'heure de fermeture dans une galerie commerciale quasi déserte. Elle venait de s'arrêter devant la vitrine d'une boutique, à l'angle de deux allées, lorsqu'elle entendit un cri.
À travers les deux vitres et entre les mannequins, elle vit un homme en costume s'affaler puis aperçut une silhouette s'éloigner rapidement.
Elle hésita puis contourna la boutique qui lui avait permis de

passer inaperçue et alla au chevet du type, blessé à la poitrine côté droit. Stacy plaqua sa main sur la blessure et appela le 144.

L'homme allongé sur le dos ouvrit les yeux, eut un vague sourire, et bredouilla :
– Merci... fuyez maintenant... vous êtes en danger... il s'agit certainement d'une tueuse à gages. J'ai de bonnes raisons... ou de mauvaises... de le penser.
– Il vaut mieux que j'attende l'arrivée des secours, non ?
– À vous de voir... et si vous voulez témoigner... au cas où j'oublierais... j'ai vu distinctement un tatouage sur la nuque de cette femme, quand elle m'a dépassé. Une cible de jeu de fléchettes... noire et rouge, sans chiffres... inscrite dans un soleil.

Stacy avait été pétrifiée par ces paroles. Elle avait vu le même tatouage qu'elle supposait pourtant rare, un an auparavant, sur Susan... Bouleversée, elle avait quitté le blessé évanoui dès qu'elle avait entendu le son des sirènes.

***

À Genève, en cette première journée d'été, une petite fille métisse à laquelle Lucas donnait volontiers huit ans, s'amusait dans l'aire de jeu du parc Mon-Repos, apparemment seule, à jeter des poignées de sable dans la brise.
Lucas chercha la mère de l'enfant aux alentours et vit une femme qui lisait devant le pavillon du dix-neuvième siècle en pierres claires, à trente mètres de là.
Cette enfant et cette femme qu'il ne connaissait pas, ravivèrent le souvenir, intense et précis, de Nadia.
Cette jeune femme, qu'il connaissait depuis si peu de temps,

avait une sensualité intense et naturelle, parfois mêlée d'une légèreté enfantine. Leur affinité sexuelle s'était révélée avec une évidence qui l'avait déconcerté...

Quelques heures auparavant, il s'était réveillé le premier et en avait profité pour savourer la douceur de la lumière sur sa peau ambrée. Quand elle avait ouvert les yeux, un sourire léger s'était dessiné dans son visage ovale, aux pommettes hautes et au nez droit. Une nouvelle fois, il avait aimé ses yeux en amandes, verts et lumineux, qui étincelaient de vie.

Après le petit déjeuner, elle avait distillé un parfum envoûtant dans la salle de bain et en était sortie en s'essuyant les cheveux vigoureusement, avec une petite serviette jaune et bleue, un peu sable, un peu océan. Et tout son corps délicieux s'était animé, seulement voilé d'un soutien-gorge balconnet et d'un string en coton imprimé de trèfles à quatre feuilles...

Lucas avait senti le désir naître sous son nombril et l'envahir des orteils aux oreilles. Elle, elle avait vu la lueur dans les yeux bleus de son amant, avait secoué ses mèches noires puis haussé les sourcils d'un air gourmand. Il était si proche et si séduisant, vêtu seulement de son shorty noir...
Mais elle était retournée dans la salle de bain, en lui laissant un sourire enjôleur et suspendu, à la manière du chat de Cheshire dans « Alice au pays des merveilles ».

Il arpentait maintenant le Quai Wilson, sur la rive droite du lac, en écoutant « The Moonshine Sessions » et en se demandant si la « La Buvette des Bains » plairait à Nadia. Un restaurant où il y aurait probablement une grande affluence, effet de l'été et de l'attirance pour l'eau. Elle aimait explorer des lieux nouveaux et un autre endroit de la ville ne serait certes pas très exotique mais il décida de s'éloigner ce soir du quartier des Pâquis où il résidait.

Quand Nadia parlait de son métier, elle devenait précise et rigoureuse. Elle semblait canaliser ainsi sa passion gourmande du passé inconnu. Il savait déjà qu'elle avait étudié l'histoire et l'archéologie à Bordeaux, jusqu'à l'obtention d'un master. Et aussi qu'elle avait contacté des chercheurs sans attendre la bénédiction de son directeur de recherche.

Quant à lui, son travail de journaliste free-lance le laissait libre de travailler en France via le Net. Ou de développer son activité de traducteur.

Il atteignit le Quai du Mont Blanc et les Bains des Pâquis où de nombreux citadins en maillots de bain profitaient déjà de la jetée à l'extrémité de laquelle se dressait un phare blanc modèle réduit. Ou une grande lanterne, selon le point de vue et l'humeur.

Lucas savait bien évidemment que Nadia avait une fille, Aminata. Elle le lui avait dit dès la première conversation au téléphone… Et cela ne lui semblait pas un obstacle… Mais peut-être se leurrait-il à ce sujet, lui qui à trente cinq ans n'avait pas d'enfant…

Il lui était évidemment facile de savoir ce que vivre avec une enfant de huit ans impliquait au quotidien. Il avait d'ailleurs des amis dans cette situation. Mais il lui était plus difficile, voire impossible sans l'avoir vécu, de le ressentir avec ses tripes.

Soudain, de telles questions lui semblèrent prématurées et il décida de les oublier pour la journée.

Nadia avait insisté pour cuisiner et elle était allée acheter quelques ingrédients exotiques absents de ses placards. Lui, il avait terminé un court article urgent et l'avait envoyé avant de sortir.

Il ouvrit son smartphone et regarda s'il avait de nouveaux courriels.

Une minute plus tard, il alla s'asseoir sur la plage de graviers et fit fuir sans le vouloir quelques cygnes. Il regardait vaguement le jet d'eau qui fusait au loin, quand un mouvement de couleur à sa gauche, celui d'une jupe légère, le tira de ses rêveries. Il retira ses écouteurs et éteignit son baladeur.

La femme qui venait de se poser à côté de lui avait un style néo-hippie. Il se demanda si cette passante vivait dans un squat, nouveau ou rescapé, comme le Rhino. Mais quelques secondes d'une observation minutieuse lui suffirent pour estimer qu'elle pouvait tout aussi bien venir des quartiers chics. La femme regarda aussi Lucas sans ciller et lui dit :

– Le mot EAU n'étanche pas la soif.

– Le Mohawk ?...

Surpris, il n'avait pas bien entendu. Elle répéta la phrase avec exactement la même intonation. « Une comédienne en répétition n'aurait pas fait mieux », songea-t-il. Et si elle ne lui demandait pas un franc dans la minute suivante, il envisagerait un canular...

Elle enchaîna :

– Vous savez, sur l'île de Socotra, les chèvres vont là où il y a de l'eau...

Lucas aimait bien les brèves inhabituelles. Cette femme impromptue allait peut-être lui en livrer une...

– Et elle se trouve où cette île ?

– En mer d'Oman.

Il observa avec acuité cette femme et constata qu'elle regardait maintenant au loin, les yeux dans le vague. Et bien qu'elle lui parût à présent un peu foldingue, il la considéra avec autant de sympathie qu'une éventuelle égérie d'un nouveau mouvement dada...

Il allait poser une question lorsqu'elle ajouta :

– Et les êtres humains suivent les chèvres.

Elle avait dit cela sur un ton définitif et, pour elle, cette simple assertion semblait être l'alpha et l'oméga. Lucas lui sourit et répondit sans ironie :

– Je crois que c'est vrai pour tous les nomades, partout dans le monde...

Elle eut une expression gracieuse qui pouvait être une approbation puis regarda les étincelles qui dansaient sur le lac.

Lucas en était à se demander si l'inconnue essayait de se faire offrir un verre bien que la chaleur restât légère et n'incitât pas encore à se désaltérer. Il allait lui demander si elle était sans domicile, lorsque son smartphone sonna.

La voix de Nadia lui sembla différente.

– Lucas ?

– Oui, ma douce ?

– Euh... tu es loin ?

– Non. Sauf si je dois venir à cloche-pied...

– ...

« Pas le moment de faire le bobet... » pensa-t-il aussitôt.

– À dix minutes à pied environ... pourquoi ?

– Euh... je viens d'être agressée dans l'escalier de l'immeuble. Mais maintenant, je suis chez toi... et j'aimerais bien que tu viennes le plus vite possible.

Lucas se redressa vivement et répondit :

– En courant, je suis avec toi dans cinq minutes. OK ?...
– Oui.

La passante bizarre ramassait lentement des galets plats, pour faire des ricochets peut-être. Lucas lui lança un « au revoir » rapide et, sans attendre une réponse, traversa le boulevard. Il remonta rapidement la rue Plantamour, passa devant la « Brasserie Vaudoise » en se disant qu'ils iraient y boire une bière bientôt car tout ceci n'aurait pas de suite et rappela :
– Ça va toujours ?
– Oui, oui ! Quelqu'un a frappé à ta porte et j'ai flippé mais ce n'était qu'une voisine. Je t'expliquerai quand tu seras ici...
– Je suis au début de la rue du Môle. À tout de suite...

Lucas choisit de prendre l'escalier. S'il y avait un risque, il lui paraissait moindre que dans l'ascenseur.
Sur le palier, avant le troisième étage, il ne vit rien d'autre qu'une petite flaque. Il sonna trois coups brefs qu'il essaya de rendre joyeux et dit :
– C'est moi !

Nadia ouvrit et s'effaça pour le laisser entrer puis vint se blottir sur lui. Ils restèrent ainsi quelques secondes, oubliant le danger, sans ressentir le besoin d'échanger des mots. Puis Lucas poussa la porte et fit deux tours au verrou pendant que Nadia retournait au plan de travail qui séparait la cuisine du séjour. Elle continua d'ouvrir les poivrons et à les épépiner, avec une application qu'elle voulait désinvolte. Mais ses sourcils froncés trahissaient un effort pour rester concentrée sur une tâche aussi simple.
– Tu viens couper les oignons ?... demanda-t-elle.

Il se déchaussa, jeta sa veste sur le canapé et déclara :

– J'ai choisi un Madiran. Ça ira ?

– Oui, bon choix.

– J'aurais volontiers opté pour leur Petrus 61... mais je n'ai pas encore quatorze mille francs suisses sur mon compte...

Nadia lui lança un regard interrogateur : plaisantait-il ? Elle eut en retour un baiser léger qui ne lui donna pas une réponse claire mais qui l'enivra légèrement.

– Je vais le mettre un peu au frais, ce petit Madiran...

Puis Lucas se lava les mains et vint se placer en face de la jeune femme, légèrement décalé.

Il commença à éplucher les oignons. Nadia sourit en se souvenant soudain de la façon dont il avait vérifié la cuisson des spaghettis, lors de sa précédente visite. Il en avait jeté un sur les carreaux face à la gazinière, en affirmant que s'il restait collé, les pâtes seraient cuites...

– Tu me racontes ?

– Euh... j'ai cru que c'était une junkie qui voulait mon fric.

– Ah... pourquoi ?

– Elle s'est jetée sur moi avec une seringue...

– Elle devait être shootée...

Nadia hacha quelques gousses d'ail et continua :

– Mais elle est tombée et s'est fracassée sur le mur... et s'est évanouie...

– Elle s'est encoublée ?

– Quoi ?

– Elle a trébuché sur quelque chose ?

– Ah... elle a manqué une marche.

– Eh bien, ça c'est de la chance !

– Euh oui... tu veux bien mettre de l'eau à bouillir dans une casserole ?

Lucas s'essuya les yeux d'un revers de manche et fit ce qu'elle lui demandait. Il aimait les gestes précis de la jeune femme. Et malgré ce qu'elle venait de lui dire, en observant ses mains fines, il se souvint de ses doigts posés délicatement sur lui, la veille, et eut un léger frémissement...

Nadia demanda :

–Tu as dit quoi ?

– S'encoubler. On dit ça, en Suisse Romande...

– Ah... mais je ne comprends pas pourquoi elle a voulu me piquer...

– Effectivement, il y a plus simple pour voler de l'argent.

– Ou alors...

– Oui ?...

04

Nadia plongea les tomates dans l'eau bouillante.
– Lors d'une fouille récente, nous avons exhumé, parmi des objets de moindre valeur, un masque en or.
– Wao !
– Tiens !...
– Quoi ?
– Tu viens de dire « oui » en wolof.
– Alors, c'est le premier mot que tu m'apprends dans cette langue...

Nadia cligna des yeux, l'air ravi et lui dit :
– Chacun son tour...

Elle retira les tomates, les passa brièvement sous l'eau froide et demanda :
– Tu m'aides à les peler ?
– Oui... et pour en revenir au masque ?
– Il me fait penser à une sculpture de Constantin Brancusi nommée : « Sleeping Muse ». Tu connais ?
– Non...
– Et « L'oiseau dans l'espace », une autre œuvre de Brancusi, s'est vendue vingt quatre millions de dollars, chez Christie's...
– Vingt quatre ? Il y a des types qui tueraient pour le centième de cette somme...

28

Nadia sursauta et reprit :

– Oui. Mais ce masque n'est pas un Brancusi : il vaut évidemment moins. Je te dis ça pour te donner une idée…

– Hmm… au moins, nous savons qu'il ne s'agit pas d'artnapping.

– De quoi ?

– Du vol d'une œuvre d'art contre rançon auprès de la compagnie d'assurance.

– Non, ça ne peut pas être de… l'artnapping : le masque dont je parle est encore inconnu…

Elle tourna le dos à Lucas pour se placer face à la gazinière et fit dorer les poivrons avec les oignons.

– Et où est-il ce masque ? demanda Lucas.

– En Espagne. Ils ont peut-être cru que je l'avais introduit en Suisse.

– Pourquoi ça ?

Nadia éluda la question.

– En fait, il est chez Mercè, dans une mallette.

– Mercè ?…

– Une amie qui vit à Barcelone.

– Donc, il faut prévenir la police en Espagne.

– Euh… il faudrait éviter pour le moment… parce que cet objet, nous l'avons emprunté au musée d'Histoire de la Catalogne… officieusement… pour étude personnelle… il n'était pas exposé mais seulement répertorié avec d'autres.

– Ah…

– Tu peux sortir le jambon du réfrigérateur et découper les tranches en morceaux ?

– Grands comment les morceaux ?

En guise de réponse, Nadia leva son avant-bras à la verticale et montra son majeur collé à son index. Pendant une seconde, Lucas imagina une enfant qui jouait avec un revolver fictif...
– Je viens d'essayer de joindre Mercè mais elle n'a pas répondu. J'ai laissé un message, bien évidemment. Et j'espère qu'elle l'écoutera à temps...

Nadia versa tous les ingrédients préparés dans une cocotte, rajouta de l'huile d'olive, du thym, du laurier, du persil, ainsi que du sel et du poivre. Lucas lui passa le plat dans lequel il avait disposé le jambon découpé. Elle poêla rapidement le jambon de Bayonne et l'ajouta avec le piment d'Espelette.

Après quoi, elle se tourna vers Lucas et l'observa minutieusement. Elle n'était pas certaine que sa version des faits fût cohérente et elle appréhendait un peu sa réaction. Mais il éclata d'un rire bref, avant de dire :
– Et si nous buvions un verre pendant que ton appétissante piperade mijote ?...

Il déboucha la bouteille de Madiran et remplit deux verres ballons. Ils trinquèrent, les yeux dans les yeux, mais sans dire un mot. Nadia montra un plaisir sincère en savourant sa première gorgée mais en esquissant un sourire qui resta partiellement triste.
Lucas eut envie de caresser son dos, sa nuque et ses cheveux, sans intention érotique, mais il renonça, sans vraiment savoir pourquoi.

Et il sentit un agacement le traverser : l'ambiance de fête dans laquelle ils avaient vécu depuis la veille avait disparu. Une agression dans le quartier un peu agité où il résidait ne l'étonnait guère. Mais cette histoire de masque en or

compliquait sérieusement la situation.
– Il est bon, dit Nadia en regardant Lucas dans les yeux.

Et elle pensa que cet homme-là l'était aussi.
Lucas se leva soudain, comme saisi d'une inspiration, et alla dans l'angle opposé de la pièce. Il ouvrit la porte d'un grand débarras et en sortit un fusil d'assaut. Nadia le regarda avec stupéfaction :
– Tu as une arme chez toi ?...
– C'est mon arme de service. En Suisse, après le service militaire, on la garde à la maison.
– Sans déconner !?
– Eh oui... et en conséquence, nous sommes le deuxième pays du monde, après les États-Unis, pour la détention d'arme... mais ça va probablement changer à l'avenir. En l'occurrence, j'espère qu'il nous sera inutile...
– Moi aussi !

Un peu perplexe, Nadia le regarda poser le fusil, ouvrir une boîte de munitions, puis le reprendre et le charger. Après quoi, avec la même désinvolture apparente, il dressa deux couverts. Enfin, pendant qu'il coupait quelques tranches de pain et les disposait dans une corbeille, il lui dit :
– Je ne suis pas censé m'en servir pour nous défendre contre des gangsters...

Nadia se leva et alla devant la fenêtre. Lucas constata qu'elle ne l'écoutait pas vraiment. Il conclut :
– Mais, si nécessaire, je n'hésiterai pas à l'utiliser, ici chez moi...

Nadia ouvrit et entendit un roucoulement de tourterelles mêlé à la rumeur de la ville. Les oiseaux restaient invisibles et elle ne pouvait voir qu'un alignement de façades sous une longue bannière de ciel bleu. Les moments paisibles s'envolent trop vite... Elle baissa les yeux et remarqua trois balles de golf, d'un orange fluorescent, une couleur inhabituelle selon elle, posées sur le rebord intérieur de la fenêtre.

« J'essaie de parler depuis notre grande sphère, loin dans l'anneau des roches qui tournoient autour de ton soleil... écoute... écoute...».

Nadia crut que Lucas venait de lui dire cette phrase mais quand elle se retourna, elle vit qu'il était allé se laver les mains. Elle restait pourtant certaine de l'avoir entendue clairement.

Elle savait pourquoi elle avait des hallucinations du genre « pyramide »... Et, en conséquence, elle les acceptait plutôt bien. Mais une voix intérieure, un intrus dans ses pensées, c'était nouveau. Et elle s'en serait bien passée. D'autant qu'elle n'était pas certaine d'en connaître la cause...

Pourtant là encore, elle ne voulait pas s'en ouvrir à Lucas... La croirait-il ? Et d'ailleurs, pourrait-elle seulement trouver les mots ?...

Il revint et elle sentit que sa seule présence la rassurait.

– Tu pratiques le golf ? demanda-t-elle en jouant avec une balle.

– Non, pourquoi ? Ah... celles-ci on me les a données...

Nadia hésita puis renonça à en faire rouler une sur le sol pour amuser Toupie. Mentir à Lucas l'embarrassait vraiment, mais que faire d'autre pour le moment ? Peut-être savait-il quelque chose et l'avait-il contactée dans le seul but d'obtenir plus d'informations... Cette hypothèse l'attrista. Elle regarda cet homme qui l'attirait tant et maudit en silence les circonstances actuelles. Alors elle ouvrit son smartphone et rappela Mercè.

Une nouvelle fois, elle n'eut que le message d'accueil.

Toupie passa, Nadia se baissa pour la caresser puis alla se laver les mains. Ensuite elle servit le plat et révéla dans ses gestes la femme d'intérieur qu'elle pouvait être, presque apaisée. Lucas s'assit une seconde après elle et lui caressa une joue doucement d'un revers de main puis leur versa une nouvelle fois du Madiran.
– J'espère que tout ceci ne t'a pas coupé l'appétit !
– Merci. Ça va... répondit-elle, avec un léger sourire.

Il la regarda manger pendant quelques secondes puis goûta une première bouchée.
– Hmm... délicieuse ta piperade, Nadia !

Ils se régalèrent un moment en silence. Lucas donna un petit morceau de jambon à Toupie qui tournait nonchalamment autour d'eux. Et il demanda :
– Alors, si tu veux éviter de prévenir la police, que veux-tu que nous fassions ?
– J'imagine que si nous remettons le masque à sa place, ils nous laisseront en paix. Et s'ils tentent de le voler au musée, alors nous pourrons avertir les flics...

Lucas pensa que ces malfrats allaient tenter d'enlever de nouveau Nadia ou Mercè, même si le masque revenait au musée. Mais il garda cette pensée pour lui afin de ne pas inquiéter Nadia.

Il se demanda également si la jeune femme au bord du lac était une complice qui n'avait pas eu le temps d'agir. Mais il rejeta cette hypothèse : cette femme avait vraiment l'air farfelu et il n'avait aucune information à donner, à ce moment-là.

– Mais je ne vois pas comment ils ont su que vous l'avez...
– Je ne sais pas... nous étions plusieurs sur le site, au moment de l'exhumation.
– OK. Mais il fallait savoir que vous l'aviez... euh... emprunté.
– Oui...
– Avec Mercè, as-tu d'autres amis qui sont informés ?
– Eh bien... qui soient vraiment au courant, il y a aussi Mathis et Téa... mais je suis sûre qu'ils sont fiables !

Lucas fit une légère grimace, sembla vouloir poser une autre question puis changea de sujet et demanda :
– En dessert, une glace ? Chocolat, vanille, banane, pistache ? Un mélange ?
– Chocolat, pistache.
– Bien ! Moi, ce sera chocolat, chocolat...

Nadia lui sourit tendrement. Il en fut surpris, se sentit fondre et ajouta :
– Et un café maintenant ?
– Oui, merci.

Il débarrassa la table puis prépara deux coupes et deux tasses. Nadia but lentement le café qu'elle trouva parfaitement à son goût. Elle observa le fond de sa tasse mais aucune strie noire ne s'y était déposée et l'avenir restait illisible.
Lucas estima l'avoir laissée à ses rêveries intimes assez longtemps et il voulut la ramener au présent.
– Veux-tu toujours voir les vestiges archéologiques sous la cathédrale Saint Pierre ?
– Pourquoi pas ?... s'il y a foule, nous ne risquerons rien, n'est-ce pas ?... mais je tiens à parler avec Mercè avant, puisque sous la...

Une sonnerie mélodieuse l'interrompit. Elle se leva d'un bond pour reprendre son smartphone resté sur le plan de travail. Et tout son corps se tendit dès les premiers mots. Elle fronça les sourcils et s'exclama :
– Oh ! Vous êtes sûre ?

Lucas se leva et vint vers elle.
– Oh ! Ça c'est impossible !

Et elle éclata en sanglots.

05

Le même jour, en milieu de matinée, sur une plage à quinze kilomètres au sud du centre de Barcelone, Mercè se promenait, pieds nus, ses sandales de cuir à la main, à la lisière mouvante de l'eau. La chaleur annonçait avec évidence que l'été arrivait. Mercè savourait la tiédeur de l'eau, l'air iodé, le ressac des vagues, la ronde criarde d'une nuée de mouettes au large. Elle aimait ces oiseaux, tous les oiseaux, car elle entendait dans leurs cris aigus une joie sauvage de vivre.

L'aéroport tout proche ne lui gâchait pas son plaisir. À cause de cette proximité, très peu de gens venaient sur cette plage.

Au loin, le Tibidabo, le sommet de la Collserola, à cinq cent douze mètres d'altitude, attirait peut-être plus de promeneurs.

Mercè décida de rentrer chez elle, un petit deux pièces, dans le quartier chic de l'Eixample. Sur le chemin sablonneux où elle avait garé sa Seat Altea, un homme venait à sa rencontre, le visage dans l'ombre d'un grand chapeau de paille. Elle constata qu'il était métis et songea alors à Nadia. Mercè décida de prévenir sa jeune amie qu'elle n'utiliserait pas la mallette avant une quinzaine de jours, voire avant un mois.

Elle le ferait dès son retour puisqu'elle avait oublié son smartphone chez elle. Mais cela n'offusquerait certainement pas une maman comme Nadia : elle comprendrait sa priorité pour Gemma.

Mercè se demanda une nouvelle fois pourquoi elle avait

accepté la responsabilité de cet objet, elle qui avait toujours une peur diffuse de perdre quelque chose ou son temps. D'autant plus que cela la mêlait à une affaire tellement étrange...

L'homme leva nonchalamment la main gauche, poing fermé sur un objet indistinct. Il observait avec acuité cette petite femme très mince aux cheveux serrés en chignon dont la robe légère et près du corps laissait deviner la beauté d'antan.
Mercè songea à sa fille Joana qui venait de donner naissance à Gemma, sa petite fille. À soixante et un ans, Mercè se réjouissait d'être grand-mère et d'aller à Salamanque, passer une semaine chez sa fille, dès le lendemain.
Mercè avait cessé de travailler pour le musée d'Histoire de la Catalunya. Et elle souhaitait profiter de sa retraite pour délaisser le passé et se consacrer à l'avenir, tout entier en floraison dans Gemma.

Lorsqu'elle croisa l'homme, ils échangèrent un sourire léger et elle entendit nettement le petit clic du stylo qu'il utilisa pour noter quelques mots. Elle continua son chemin de sa démarche gracieuse, héritée des années de danse de sa jeunesse. Une minute plus tard, appuyée sur le toit de sa voiture, elle frotta ses pieds pour les débarrasser du sable et remit ses sandales.
Elle s'installa au volant, mit le contact, poussa de l'index le CD déjà inséré dans le lecteur et écouta pendant une minute « L'Amour Sorcier » de Manuel de Falla. Ensuite, elle démarra et rejoignit la voie rapide vers le centre ville. Elle se promit de rapporter le CD chez elle pour en jouir sans les interférences sonores du moteur. Depuis qu'elle l'avait acheté, trois jours auparavant, elle ne l'avait écouté que dans sa voiture.

Elle longea le parc de Montjuic à sa droite, s'engagea dans la

Carrer d'Entença, une limite du quartier de l'Eixample, puis dans une rue adjacente où elle s'arrêta à un feu.

Soudain, trois coups retentirent sur son pare-brise. Elle sursauta et tourna la tête.

Une femme sur le trottoir faisait des signes incohérents et agitait les bras, presque comme un moulin. « Pour aller à la Sagrada Familia ? » demanda enfin la femme, en français. Mercè se détendit et envisagea de répondre, dans la même langue : « Mes amitiés à Don Quichotte ! » et « Suivez les flèches ! ».

Mais le feu passa au vert. Alors elle eut un léger sourire, leva une main en signe d'excuse puis accéléra doucement.

Un instant plus tard, elle gara sa voiture dans son box en sous-sol. Elle prit l'ascenseur en songeant à ce qu'elle allait mettre dans ses valises et aux cadeaux déjà achetés. Elle ouvrit la porte et, soudain, elle se sentit brutalement foudroyée.

Son corps menu glissa vers le sol, sans à coups, en une dernière révérence.

Que l'homme devant elle ne méritait évidemment pas...

El Zafio regarda son flingue d'un air ahuri, comme si l'arme allait lui fournir des explications.

– Eh, l'Élégant ! Amène-toi ! Y'a un problème, on dirait. La vioque est dans les vapes. Elle est revenue plus tôt que prévu.

El Elegante rejoignit son comparse dans le vestibule.

– Qu'est-ce que t'as foutu ?

– Que dalle : j'ai essayé mon stun-gun. I fallait bien la stopper, non ? T'avais dit qu'elle reviendrait pas avant midi.

– Ouais... je l'ai suivie jusqu'à la plage et j'ai cru qu'elle allait y rester toute la matinée. Ouais...

– Eh ben, voilà. Elle est revenue au bercail. T'as tout faux.

– Ouais... et toi, tu t'es servi de ton nouveau flingue ? Ce

machin à impulsion électrique ?
– Juste une petite décharge.
– Ouais. On va finir la fouille. On est ici pour trouver cette mallette, pas autre chose.
– Ouais. Si je trouve de la thune ou des bijoux, je vais pas me priver...

El Elegante jeta un regard acéré à son complice pour vérifier s'il se foutait ou non de sa gueule en imitant sa façon de parler. Mais El Zafio ne se serait pas permis. Son associé du jour ayant l'air aussi niais que d'habitude, El Elegante se fit conciliant :
– Sin problema... Tweed-Eye nous a dit que le foutoir devait avoir l'air d'un casse ordinaire. Bon, on va la poser sur son lit : tu vas la prendre par les pieds.
El Zafio secoua la tête. El Elegante pensa soudain à un clebs sur une plage arrière de voiture et faillit éclater de rire. Mais il fallait finir cette affaire sans lambiner. Il saisit la petite femme par les aisselles et remarqua alors qu'elle avait des mains fines et la peau tavelée et avait fermé les yeux sous le choc de la décharge électrique. Chose plus inhabituelle, elle avait gardé un visage crispé de douleur... Il fut prit d'un doute et palpa le pouls au poignet droit.
– Carajo ! Elle est clamsée !
– Quoi ? Tu déconnes ?
– J'ai l'air ?
– Eh... j'y suis pour rien !
– Ouais... je te crois... mais on l'emmène quand même sur le plumard.

En la posant sur le lit, El Elegante commenta :
– Elle était peut-être cardiaque... et ton flingue la dézinguée...
– C'est ça, elle était cardiaque, la vioque.

El Elegante ne cherchait pas à excuser son complice, seulement à comprendre. El Zafio, lui, s'en foutait. El Elegante reprit :
– On finit le job vite fait. Mais il va falloir que je prévienne Tweed-Eye.

Les deux malfrats continuèrent de mettre le logement à sac. El Elegante jeta au sol tous les livres reliés en cuir et vida ainsi la bibliothèque. El Zafio rafla une douzaine de soldats de plomb alignés sur une étagère. Ils négligèrent les plantes vertes réparties dans toutes les pièces mais éparpillèrent tous les coussins qui garnissaient les deux fauteuils ainsi que le canapé noir en velours.
El Zafio alla sur la terrasse où une dizaine de pots et de bacs contenaient des plantes d'ornements et aromatiques. Il vit aussi une grande malle en osier rangée le long d'un mur. Il la tira par une poignée, souleva le couvercle et tenta de la renverser. Trop pleine, trop lourde, il se résigna à retirer les outils de jardinage un par un et laissa les sacs d'engrais et de graines.
El Elegante décrocha toutes les photos encadrées, tous les tableaux, dans toutes les pièces, et vint les empiler posément, par ironie, sur la table du salon. Aucune cache dans les murs n'apparut.
Dans la cuisine, il tapota également la cloison du fond des placards grenat pour tenter de déceler un son creux. Un geste qui aurait dû être inutile : Tweed-Eye leur avait dit que la petite dame était quelqu'un de très ordinaire et donc, que la mallette serait certainement planquée dans une cachette banale.
Mais il ne trouva rien. Par dépit, il saisit un flabiol posé sur une étagère, et souffla dedans sans chercher à jouer une note. El Zafio sortit des toilettes où il avait retiré le couvercle de la chasse d'eau et demanda :
– Qué pasa ?...

– On se tire !

Et El Elegante fracassa la petite flûte sur la table. Toujours autant en rogne, malgré ce geste de colère, il décida d'aller au sous-sol fouiller la Seat de la petite dame. Il revint dans l'appartement et prit les clés dans le sac à main de la défunte. Il secoua la tête et se dit qu'El Zafio était décidément un imbécile.
La mort de la petite dame n'aurait pas dû se produire et elle l'incommodait un peu.

Ils firent chou blanc avec la voiture également et rejoignirent la rue par la rampe d'accès, l'un agacé et inquiet à l'idée de devoir rendre des comptes à Tweed-Eye, l'autre en pensant qu'ils ne toucheraient pas le reste de leur blé.
Dans leur voiture, El Elegante eut une brève conversation avec leur patron du moment, d'autant plus inquiétante, selon lui, qu'elle se déroula sans insultes ni hauts cris. Quand il fourra son smartphone dans une poche, son complice demanda :
– On va bouffer ?
– Pas encore ! On va à la mer…

Ils prirent la direction de la plage de Gavamar où Mercè s'était promenée une heure plus tôt.

06

À Ottawa, les chiffres verts du radio réveil d'Atlas Tweed-Eye, posé sur la moquette, affichaient six heures trente.

Mais ce fut son smartphone qui le tira du sommeil, en jouant « Moonlight Cocktail ». Six mois plus tôt, il avait téléchargé ce tube de Glenn Miller qui datait de 1942 et il ne s'en lassait pas. Il appuya délicatement sur l'écran tactile de son smartphone, un modèle 4G ultra récent, très plat et très rectangulaire qu'il caressait parfois du bout d'un doigt. Une petite manie qu'il avait aussi avec son arme.

Il eut un réveil un peu difficile : pour une fois, il avait trop bu, jusqu'à minuit passé, au « Block Chord », le club de jazz dont il était propriétaire. Mais il aimait passer du temps au bar, où il avait son tabouret réservé, pour le plaisir de la musique évidemment mais aussi pour observer le personnel, évaluer la qualité des cocktails, sentir la satisfaction ou la réprobation des clients. Ce job ne constituait pas seulement sa couverture sociale : il l'amusait. Comme une partie de poker…
– Yes ?
Si une femme avait été dans son lit, elle aurait pu entendre distinctement son interlocuteur s'exprimer en espagnol. Atlas Tweed-Eye devina immédiatement l'origine de cet appel et qu'il y avait donc un bug.

Il s'assit au bord de son lit et alluma la lampe champignon rouge à son chevet.

Le dialogue continua dans la langue des deux sous-fifres qu'il avait enrôlés en Espagne. Leur tâche semblait on ne peut plus simple : ils devaient retrouver une mallette en fouillant le logement d'une femme ordinaire et, si nécessaire, l'interroger. Il se demanda dès les premiers mots d'El Elegante ce que ces deux abrutis avaient bien pu foirer.

Il se leva, changea son smartphone de main, et enfila un sweat sur son très classique pyjama rayé en coton. À cette heure, bien que ce fût le premier jour de l'été, il trouvait qu'il faisait frais. Et il aimait son confort.

Les mules dont il se chaussa chuintèrent sur le sol quand il traîna les pieds jusqu'à la cuisine. Le son semblait lui chuchoter de rester calme pendant qu'El Elegante continuait d'irriter son oreille avec ses explications saccadées. Ces deux minables n'avaient pas trouvé la mallette. Il envisagea de demander à Delta-Smith de les éliminer, contrairement à ce qui était prévu initialement.

Mais ce genre de mouvement d'humeur ne flattait pas son professionnalisme et Delta-Smith n'était pas à ses ordres. Ils travaillaient en associés sur cette affaire. Par ailleurs, les deux crétins ne savaient quasiment rien. Atlas Tweed-Eye demanda donc aux deux malfrats, sur un ton impassible, de vérifier si la femme possédait une cabane en bord de plage et de la fouiller à fond, le cas échéant. Ensuite, de se faire oublier.

Atlas Tweed-Eye s'immobilisa devant la fenêtre de la cuisine dont le volet roulant n'avait pas été descendu. Aucune lumière directe ne scintillait dans la nuit mais un immense halo se réverbérait sur le brouillard de pollution de la ville.

Il habitait une maison sans étage, dans un lotissement à l'américaine, sans vis-à-vis côté cuisine, le long de la Rideau River, au sud d'Ottawa.

Maintenant il lui fallait contacter Delta-Smith. Mais il se donna encore quelques minutes pour réfléchir aux diverses options possibles. Néanmoins, il appela immédiatement une compagnie de taxis : il ne résidait qu'à trois milles de l'aéroport Mac Donald-Cartier mais il n'avait ni le temps ni l'envie de les parcourir à pied. Le vol Ottawa Québec, via Montréal, qu'il avait réservé décollait à huit heures vingt. Il prépara son petit déjeuner et commença par insérer une capsule dans sa cafetière.

Vers sept heures, il appela Delta-Smith. Il savait qu'il n'allait pas la tirer du lit, à une heure indue, comme il l'avait été : il était midi à Genève. De toute façon, avec ce genre de contrat, il n'y avait pas de moment inopportun pour agir.

Elle répondit en anglais car elle avait reconnu le numéro du cellulaire bas de gamme, avec carte prépayée, que Tweed-Eye avait acheté pour cette opération. La probabilité qu'ils fussent sur écoute et localisés serait donc quasi nulle. Mais pour la crédibilité de ce bref échange, il continua en français et opta pour le tutoiement :
– Notre tante en Espagne est décédée… oui, j'ai bien dit : décédée. Un accident, une crise cardiaque. Tu dois t'occuper de notre cousine à Genève. Pas seulement la surveiller, mais l'embarquer. OK ?

Susan Delta-Smith répondit qu'elle voyait parfaitement ce qu'il convenait de faire.
Atlas Tweed-Eye n'en doutait pas. Malgré le peu d'informations qu'il possédait sur la tueuse à gages, il la savait fiable professionnellement.
Elle vivait en Suisse depuis vingt ans, avait vécu sans se

marier, pendant dix ans, avec un jeune aristo friqué qui l'avait finalement plaquée. Un jeune arrogant alcoolique comme le père de Delta-Smith l'avait été. Il n'ignorait pas non plus les aspects déjantés de sa collègue mais s'en fichait.

Il se doucha rapidement en se souvenant de Melissa, surtout de la bouche de Melissa, une serveuse du « Block Chord », une belle baiseuse également. À elle, il avait révélé son vrai prénom. Celui choisi par son père, un Irlandais immigré à l'âge de vingt ans aux États-Unis, à Syracuse, état de New York.

Atlas, il l'avait adopté un jour où il avait failli se faire descendre et s'était dit : « Yes, at last we die… ». Si Melissa avait été plus douée pour les chiffres, il l'aurait volontiers promue manager et aurait viré le trop obséquieux Jeff.

Bien des années auparavant, Tweed-Eye avait travaillé pour deux clubs qui ciblaient ce genre de clientèle. Il avait commencé derrière le bar et avait fini à un poste de manager. Il savait quel style de jazz faire écouter, quels alcools et quels plats proposer.

Il aimait choisir les décors d'intérieur ou fermer la caisse et porter la recette au coffre de nuit à la banque. Mais maintenant, il préférait déléguer et Jeff qui n'avait que ce défaut majeur, gérait parfaitement le club en son absence.

Son job de tueur à gages lui avait permis de réunir les fonds nécessaires au lancement de son affaire, et le contrat en cours, particulièrement bien payé, lui permettrait d'effacer un dernier emprunt. Ce contrat apparemment facile et si bien rémunéré le rendait d'ailleurs un peu méfiant.

Il sortit de la douche, s'essuya rapidement, renonça au séchoir à cheveux faute de temps et retourna s'habiller dans sa chambre. En passant, il aperçut le taxi qui attendait et il lui fit un signe. Il enfila une chemise jaune paille, sans cravate dans l'immédiat, un costume léger gris bleu et des chaussures grises.

L'ensemble constituait un mélange harmonieux de deux grands couturiers italiens.

Il aurait bien aimé emporter sa canne épée en ébène mais cela risquait de poser un problème à l'aéroport. Une autre petite manie liée à son sport favori de l'adolescence, l'escrime. Et qui lui avait sauvé la vie une fois.

Il empocha son smartphone, ses lunettes de soleil, vérifia qu'il avait son portefeuille mais avait bien laissé son Colt DS. Les types qu'il avait embauchés, et qu'il espérait plus professionnels que ceux de Barcelone, allaient lui procurer une arme. Ils avaient parlé de MP5A3, des pistolets mitrailleurs donc, et Atlas Tweed-Eye avait jugé l'option bien exagérée. Mais il valait mieux leur lâcher la grappe à ce sujet. Il leur faudrait encore deux heures de route vers le nord, au départ de Québec, avant d'arriver à destination.

– Bonjour Monsieur. Où ?…

– À l'aéroport. Les vols intérieurs.

Le chauffeur bedonnant, lui jeta un coup d'œil dans le rétroviseur. Visiblement, ça l'indisposait d'avoir fait un détour pour une course aussi brève et imprévue. Car pour éviter une éventuelle réticence des taxis à cette heure matinale, Atlas Tweed-Eye avait indiqué au téléphone une destination plus lointaine.

– Il y aura un bon pourboire… si vous ne lambinez pas…

Le chauffeur démarra et observa encore une seconde son client. Un homme d'une quarantaine d'années, aux cheveux roux, aux yeux bleus, au visage dur, un homme visiblement friqué, élégant, avec un accent yankee mais une allure européenne.

Atlas Tweed-Eye sortit de son sac de voyage, d'une grande marque française, un rasoir à piles et, sans plus se soucier du chauffeur, se rasa. Puis il enfila une cravate en soie, jaune clair à pois gris.

Il vivait à Ottawa depuis dix ans et il ne comptait plus le nombre de fois où il était parti de l'aéroport international. En passant devant la fontaine, dans le hall, il remarqua un homme, assis sur les sièges noirs, qui avait des allures de moine malgré sa tenue ordinaire.
Il les reniflait des milles à la ronde : il avait vécu une année dans un monastère franciscain, aux États-Unis, à la fin de son adolescence. Ce type qui se levait pour le suivre et prendre le même vol que lui n'était pas un flic en filature, il en était certain.
Quelques minutes plus tard, le Boeing d'Air Canada, décollait. Atlas Tweed-Eye confortablement installé en first, écoutait avec son MP3, la « Siegfried Idyll » de Richard Wagner. En mission, concentré sur son objectif, le tueur à gages devenait quelqu'un d'autre et il n'écoutait plus que ce compositeur.

Il retira d'une enveloppe plusieurs photos et quelques feuillets qui le renseignaient sur un certain Mathis Gagnon, quarante ans, un commerçant qu'il rejoindrait dans cinq heures environ. Un type qu'il n'avait pas pour mission d'abattre et qui détenait des informations d'une valeur incommensurable.
Car ce que Tweed-Eye n'avait pas dit aux deux sous-fifres en Espagne, c'est qu'il ignorait qui gardait la mallette. On leur avait donné quatre noms... Il était donc tout à fait possible qu'elle ne soit pas chez cette Mercè Puig. De toute façon, il restait d'autres options... Et Mathis Gagnon ne ferait probablement aucune difficulté pour révéler ce qu'il savait... Il suffirait de trouver les bons arguments.

Si l'on en croyait les commanditaires anonymes et invisibles qui les avaient recrutés, lui et Susan Delta-Smith, ces gens n'avaient aucun entraînement spécial.

Des commanditaires un peu trop indéfinis au goût d'Atlas Tweed-Eye qui préférait pouvoir contrôler, plus ou moins, pour qui il travaillait. Mais la somme qu'ils avaient proposée valait bien quelques risques. Il bailla, desserra sa cravate et revint à la musique de chambre.

07

À Genève, Lucas retira délicatement le smartphone des mains crispées de Nadia. Tendue de tout son corps, elle devint, en une seconde, aussi molle qu'une poupée de chiffon. Il entoura les épaules de la jeune femme secouée par le chagrin et resta immobile et muet. Au bout d'une minute, elle releva la tête et il la regarda d'un air interrogateur. Alors, en voyant ses yeux pleins de larmes, les siens s'embuèrent. Lentement, il s'écarta puis alla chercher une pochette de mouchoirs en papier et lui en tendit un.

Elle le remercia d'un bref sourire et confirma ce qu'il avait deviné :

– Mercè est morte. C'est une voisine qui vient de m'appeler. Elle voulait lui rendre visite. Elle a sonné, ça n'a pas répondu, elle s'est permis d'entrer... et c'est elle qui a appelé la police. Ils disent que Mercè a fait une crise cardiaque...

– Et ?...

– Mercè n'avait aucun problème cardiaque ! Je n'y crois pas un seul instant !

Nadia fronça les sourcils et regarda dans le vague, droit devant elle. Une lueur de colère commençait à poindre dans ses yeux. Lucas hésita une seconde avant de poser une question :

– Et... tu présumes qu'on lui a injecté quelque chose ?

– Oui ! On l'a assassinée.

Nadia hocha la tête et esquissa un sourire triste. Elle ajouta :
– C'est probablement ce qu'on voulait me faire ce matin…

Lucas se sentit autant inquiet qu'incrédule. Il se disait que Nadia laissait peut-être son imagination s'emballer : oui, elle avait été agressée et son amie venait de mourir… Mais peut-être de mort naturelle… En se faisant plus attentif à ce qu'il ressentait, il dut s'avouer qu'il aurait aimé que leurs moments langoureux et paisibles ne soient pas gâchés par cette succession de drames…

Nadia interrompit ses réflexions en s'exclamant :
– Tout ça, c'est de ma faute !
– Mais pas du tout !
– Mais c'est moi qui lui ai proposé de prendre ce… ce fichu machin !
– OK. Mais ce sont ces salauds qui l'ont assassinée !

Nadia hocha la tête puis reprit son téléphone et composa fébrilement un numéro.
– Maman ? Mina est avec toi ?

La mère de Nadia s'étonna probablement de ce second appel car la jeune femme se mordit la lèvre inférieure et mentit :
– Y'a rien de spécial. Je veux juste lui parler un peu. Passe-la-moi…

Lucas vit Nadia contenir un agacement.
– Je suis ravie qu'elle joue ! Va la déranger comme tu dis et passe-la-moi !

Elle regarda Lucas qui haussait les sourcils, un peu étonné, et

elle ajouta :
– S'il te plaît…

Lucas entendit un babillage joyeux auquel Nadia répondit d'une voix vibrante de soulagement :
– À quoi tu joues, mon cœur ?

Nadia sourit et s'exclama :
– Bien sûr que je m'en souviens !

Et elle énuméra :
– Areen, Bant, Caabi… Doom, Ellek, Fas, Gaal.

Lucas vit sur le visage de la jeune femme un mélange de tendresse maternelle et d'inquiétude. Puis elle décida, visiblement à contrecœur, de terminer leur dialogue.
– Oui, amuse-toi bien. Bisous Mina…

Nadia resta pensive une minute. Ensuite, elle regarda Lucas avec acuité, et en professionnelle qui ne classe rien à priori, elle tenta de le jauger en essayant d'oublier une seconde ce qu'elle ressentait déjà. Une nouvelle fois, elle se demanda s'il renseignait ceux qui la traquaient…

Ensuite, elle pensa qu'elle pouvait récupérer la mallette chez Mercè, mais que cela ne changerait pas le cours des choses : les criminels resteraient probablement à ses trousses. Fallait-il vraiment qu'elle contacte la police ? Mais que pourrait-elle déclarer qui parût crédible ?...

En conséquence, elle s'étonna elle-même quand elle annonça :
– Je vais aller à Barcelone… pour assister à la crémation. C'est la cérémonie que Mercè souhaitait. Après en avoir tant

cherchées, je crois qu'elle ne voulait pas laisser de traces de son passage à elle... du moins, pas comme ça...

Nadia eut de nouveau les larmes au yeux. Au bout d'une minute, elle prit une profonde inspiration et demanda :
– Tu viens avec moi ?

En posant cette question, elle venait de parier que Lucas allait être son allié... Pourtant quelqu'un, quelque part, avait trahi... Et, en aucun cas, ce ne pouvait être l'un de ses amis.
Lucas ne fut pas certain d'avoir bien entendu.
– Hein ? fit-il.

Nadia répéta sa phrase, sur un ton plus formel, en effaçant partiellement la nuance d'espoir qui s'y trouvait initialement.

Après avoir évalué en une seconde tout ce que cette question impliquait, Lucas sentit qu'il pourrait suivre Nadia aux antipodes, si elle le lui demandait. Alors, aussi sobrement que devant un prêtre, il répondit :
– Oui...
Et ajouta :
– Aujourd'hui ?

Nadia regarda Lucas et se sentit rassurée : cet homme-là savait surfer sur l'incertitude des évènements...
– Oui. Tu m'ouvre une session ? Je vais wéber pour trouver un hôtel à Barcelone.
– OK. Et réserver un vol, évidemment. Moi je vais aller chez Madame Siseray, la voisine qui est passée tout à l'heure. Et qui ne sait pas ce qu'est une sonnette... je pense qu'elle pourra s'occuper de Toupie.

Quand Lucas revint, quinze minutes plus tard, Nadia fermait le zip de son petit sac de voyage posé sur une chaise du séjour, l'air un peu absent, un peu éteint.

Elle s'anima en le voyant et en lui annonçant :
– Genève dix sept heures trente, Barcelone dix neuf heures. Ça ira ?
– Oui, nous avons le temps... en bus, l'aéroport n'est qu'à dix ou quinze minutes.
– Je préfère prendre un taxi... je...
– Aucun problème ! Je comprends.

Nadia alla prendre une douche puis se changea. Lucas passa dans la chambre pour préparer son bagage et, en regardant le lit encore défait, un sentiment de langueur le traversa brièvement avec des souvenirs vifs...

Ce matin, il espérait une journée divine mais la mort avait fait irruption et terni ce début d'été... Il secoua lentement la tête et revint à ses préparatifs.
Puis il alla faire la vaisselle et, dans le cliquetis des couverts et les chocs d'une casserole ou d'un plat, il se surprit à se demander si Mercè n'avait pas été mêlée, malgré elle, à un trafic d'objets d'art. À l'insu de Nadia, évidemment.
Il appela un taxi et, un instant plus tard, ils s'engouffrèrent dans une Mercedes.

***

Immédiatement, les deux petits dealers qui attendaient avec l'immobilité de deux gargouilles perchées sur une cathédrale, s'animèrent. Karl, un mastard au crâne rasé et à la voix éraillée, émit un grognement et appela Susan Delta-Smith pendant qu'Anton, un petit teigneux tiré à quatre épingles, se passait une main dans les cheveux puis démarrait. Ils prirent le taxi en filature. Après quelques minutes, ils suggérèrent à Susan Delta-Smith de les rejoindre à l'aéroport, destination quasi certaine du couple.

***

L'air absent, Nadia semblait regarder les immeubles qui défilaient.

Le chauffeur, dans une tentative de conversation, leur annonça tout de go que ce matin on lui avait fauché ses quatre enjoliveurs.

Lucas répondit distraitement, mais l'homme continua de récriminer sur la malhonnêteté du monde. « Il y a même des pirates, en Somalie, qui attaquent les cargos du PAM pour voler la nourriture ! ».

Lucas savait que les navires du Programme Alimentaire Mondial avaient été l'objet de ce genre de piraterie et il se contenta de répondre « Ah oui ?... ». Mais il se dit que la fauche de quatre enjoliveurs se situait à des années-lumière d'un vol de nourriture destinée à des affamés. Le chauffeur comprit que ses passagers se sentaient importunés et il se tut.

Lucas se demanda soudain s'ils allaient pouvoir entrer chez Mercè. La police aurait certainement quitté les lieux mais il y aurait peut-être un scellé sur la porte. Il posa sa main sur celle de la jeune femme pour atténuer l'effet éventuellement désagréable de ses questions :

– Tu as les clés de l'appartement ?

– Oui, j'ai un double et je connais le digicode.

– Euh... désolé de te demander ça... juste une idée... mais tes amis, Mathis et Téa, les avaient-ils, eux aussi ?...

54

Nadia lui lança un regard offusqué et furieux.
– Non !... répondit-elle sèchement.

Pendant plus d'une minute, elle détourna les yeux et regarda, en apparence, les rues défiler. Puis elle revint à Lucas :
– Essaies de comprendre : je connais Mercè depuis des années. Elle se passionnait pour l'archéologie, avec une prédilection pour la Catalogne et...
– Et ?
– Et je l'avais invitée sur des fouilles dans la vallée de la Vézère en Dordogne et...

Nadia envahie par la tristesse n'acheva pas sa phrase. Elle secoua doucement la tête, en signe de refus face à ce coup du sort ou dans une tentative de se débarrasser de ses souvenirs trop vivants, trop importuns pour l'instant. Lucas n'insista pas et caressa doucement le dos de sa main...

***

Les deux émissaires de Susan Delta-Smith s'assurèrent que le couple se faisait bien déposer devant l'aéroport et continuèrent vers un parking longue durée. De son côté, Susan Delta-Smith s'y rendait également, sans se douter que Stacy la suivait depuis son domicile.
La tueuse à gages pariait pour un vol vers Barcelone et envisageait de prendre le suivant puisqu'il lui était impossible d'être dans le même avion que Nadia. Mais pour tenter de vérifier la destination du couple, elle demanda à Anton et Karl d'épier la conversation de Nadia et Lucas, en se relayant.
L'enlèvement s'avérait impossible maintenant mais elle comptait récupérer la mallette en Espagne. Et pour cela, elle

allait prendre le risque de passer un soporifique liquide, camouflé en médicament, dans une pochette transparente.

Après être passés par une borne de check-in express, Nadia et Lucas flânaient main dans la main, d'une boutique à une autre.

De loin, Susan Delta-Smith, elle-même surveillée par Stacy, suivait le manège d'Anton et Karl autour du couple.
La tueuse à gages décida de leur laisser le champ libre et alla s'asseoir dans un snack-bar. Derrière elle, quelqu'un s'approcha et elle crut pendant une seconde qu'il s'agissait d'une serveuse. Elle fut stupéfaite de voir sa sœur.

08

Les deux femmes s'observèrent quelques secondes sans dire un mot. Stacy, de sept ans plus jeune qu'elle, avait toujours eu un joli minois et des formes aussi douces et parfaites que le violoncelle dont elle jouait depuis l'âge de six ans. Après avoir fait la Haute École de Musique, Stacy enseignait maintenant au conservatoire de Genève.

Susan Delta-Smith examina immédiatement le chemisier en soie blanc, la jupe corolle zébrée jaune et rouge et les chaussures à hauts talons. Était-ce bien là cette petite sœur avec laquelle elle comptait les vaches alignées dans la même direction, lorsqu'elles vivaient dans la grande maison blanche à Cologny ?... Elle constata qu'elle avait toujours la même coupe de cheveux et qu'elle secouait toujours ses boucles blondes quand elle se sentait embarrassée.
– Hello Stacy ! Tu pars jouer avec ton quartet ?
– Euh... oui, c'est ça... et toi, que fais-tu ici ?...

Stacy se souvint que Susan enfant, pendant toute une année, s'était cachée dans les placards et les débarras de la grande maison, en s'y entourant de leurs poupées qu'elle lardait d'aiguilles.
Leurs parents finirent par lui faire avouer la cause de ce jeu bizarre : Susan avait vu un film sur la sorcellerie, les

envoûtements et les exécutions rituelles, un soir, avec une baby-sitter qui avait abusé d'elle. Elle avait eu peur longtemps qu'on la regarde plus d'une seconde avec des yeux fixes mais on avait fini par la croire guérie...

Stacy décida de s'asseoir. Le smartphone de Susan Delta-Smith sonna.
– Excuse-moi...

Anton venait d'entendre le journaliste, un instant en arrêt devant une boutique, demander à Nadia Demba s'ils achèteraient des fleurs, pour une dénommée Mercè, à Barcelone. Susan Delta-Smith avait la confirmation qu'elle attendait. Il ne lui restait plus qu'à prendre congé de sa sœur, avec diplomatie...

Alors Stacy lui demanda :
– Réponds-moi franchement : étais-tu à Lausanne, dans une galerie marchande, il y a un mois ?...

Susan Delta-Smith haussa d'abord les sourcils en comprenant la portée de la question. Ensuite ses yeux s'étrécirent et devinrent froids. Il fallait maintenant qu'elle se débarrasse de sa sœur...
Stacy mit plusieurs dizaines de secondes avant de s'avouer que le silence et la mimique de sa sœur équivalaient à un aveu. Mais elle resta immobile sur sa chaise, à regarder la foule alentour, à écouter le brouhaha de l'aéroport, comme pour s'assurer que le monde n'avait pas changé.
Pourtant, pour elle c'était quasiment l'apocalypse...

Susan Delta-Smith devina qu'elle allait encore pouvoir aisément manipuler sa sœur. Alors, du ton le plus anodin dont

elle était capable, elle dit :
– Il faut que j'aille aux toilettes… tu m'accompagnes ?

Elle jeta de la monnaie sur la table, prit son sac et se leva sans attendre. Et Stacy suivit avec l'espoir d'une réponse qui viendrait annuler l'envoûtement…

Susan Delta-Smith envisageait de l'assommer d'abord et de lui injecter ensuite une faible dose de soporifique, puis de la laisser dans une cabine dont elle bloquerait la porte.
Après quoi, soit on trouverait sa sœur trop vite et elle devrait renoncer à son départ… Soit elle préviendrait anonymement les secours, quelques minutes avant son embarquement, et pourrait continuer son contrat. Car Susan Delta-Smith estimait que Stacy s'abstiendrait de prévenir les flics avant qu'elles se soient revues.

Mais au moment précis où elle frappait Stacy du tranchant de la main, devant les lavabos, deux femmes entrèrent et virent ce qui se passait. Elles se mirent à hurler et ressortirent immédiatement. Susan Delta-Smith allongea doucement sa sœur sur le carrelage et passa du côté des hommes. Là, elle vit un type seul qui se lavait les mains. Elle lui fit un sourire qu'elle espéra grivois, s'approcha et l'assomma.
Ensuite, elle lui retira son pantalon qu'elle enfila par-dessus le sien, sa veste qu'elle mit sur la sienne et chaussa ses lunettes de vue.
Ainsi, à supposer que les témoins l'aient correctement décrite, elle pourrait mieux brouiller les pistes. Elle traversa la zone publique, rapidement mais sans courir. Et, la rage au ventre, elle rejoignit sa voiture.
Maintenant, il lui était impossible de prendre un avion. Elle appela Tweed-Eye et l'informa de la situation.

Il lui répondit qu'ils avaient d'autres options. Quant à lui, il entrerait en contact avec les deux voyageurs, ainsi qu'il les nomma, à Barcelone. Et là-bas, il saurait les contraindre à suivre ses directives…

***

L'Airbus A320 de la Swiss quittait la piste puis virait déjà au-dessus du Salève lorsque Lucas demanda :
– Quand on était chez moi, tu as parlé en wolof avec ta fille ?
– Oui… j'ai une sœur, Nawal, qui est allée vivre au Sénégal.

Nadia eut un rire bref qui surprit Lucas et enchaîna :
– Et Nawal a envoyé un jeu des sept familles qu'elle a fabriqué. Les noms des familles que j'ai énumérés sont en wolof : Arachide, Bois, Clé, Fille, Demain, Cheval et Pirogue.
– Je trouve l'idée amusante… j'ai cru comprendre qu'elle plaît à ta fille…
– Oui. Mais c'est uniquement parce que le jeu vient de Nawal…
– As-tu des photos d'Aminata ?

Jusqu'à présent, Nadia avait parlé plusieurs fois de sa fille mais s'était abstenue d'en montrer une photo. Elle adorait son enfant mais évitait toujours de l'exhiber comme un trophée. Et elle se savait motivée aussi par le désir de rester dans une relation à deux pendant quelque temps encore…
Elle avait donc décidé d'attendre cette question de Lucas. Sans imaginer, bien évidemment, que cela se ferait dans de telles circonstances. Elle sourit soudain enchantée puis chercha son smartphone dans son sac, l'activa en mode diaporama et le tendit à Lucas.

Sur l'une des photos, Aminata apparaissait seule, en robe multicolore, pieds nus avec un ballon de plage. Sur les autres, avec sa mère et sa grand-mère, elle faisait une grimace devant l'Atlantique, les bras levés et les yeux au ciel. Nadia expliqua que sa fille jouait avec un cerf-volant.
– C'était l'été dernier, sur la dune du Pilat.

En disant cela, Nadia observa Lucas. Cet homme sans enfant allait-il aimer sa fille ?... Elle avait parié, pour elle-même, que oui...
Et Lucas demanda :
– Vous êtes à Biarritz depuis quand ?
– Depuis que j'ai dix ans. Donc... depuis vingt trois années.
– Tu y es née ?
– Non. Enfin presque... je suis née à Anglet et nous y avons vécu pendant mes trois premières années. Ensuite nous avons vécu au Sénégal où mon père avait obtenu un poste d'enseignant... finalement, nous sommes revenus à Biarritz, parce que ma mère est basque...
– Le Sénégal, c'est le pays d'origine de ton père, non ?
– Oui... et à notre retour, mon père est devenu un peu volage et il a eu la nostalgie du pays. Alors il est retourné y vivre quand j'ai eu vingt ans...
– Tu m'as dit qu'il a été journaliste, c'est ça ?
– Oui. Mais seulement en France. Il avait bénéficié d'une bourse d'études, comme toi.
– Je n'ai pas eu de bourse...
– Mais tu as fait une école de journalisme, non ?
– Oui, à Genève.

Lucas lui rendit son smartphone.
– Aminata est née à la fin de tes études ?
– Oui, et je venais d'avoir vingt cinq ans.

Nadia eut un large sourire. Lucas en déduisit que ce jour de sa vie avait été merveilleux. Et il fut heureux de la voir, au moins pour un instant, joyeuse, délestée du chagrin.

– Et son père vit où ?

– À Bordeaux… je ne te l'avais pas dit ?

– Je ne crois pas… et quand as-tu connu Mercè ?

– La même année. Nous avons suivi un séminaire sur la pré et la proto-histoire de l'Espagne.

L'Airbus A320 amorçait son approche de Barcelone et le soleil brillait sur la capitale de la Catalunya. Des flaques de lumière dorée s'étalaient sur la Méditerranée.

Lucas pensa de nouveau au masque et se dit, sans trop savoir pourquoi, qu'il cachait probablement une affaire plus complexe qu'un trafic d'objets d'art.

Malgré ce qu'il avait dit, il doutait qu'un simple masque en or puisse être recherché simultanément dans plusieurs pays...

À l'aéroport d'El Prat, ils n'attendirent que deux minutes avant de trouver un taxi. Quand ils furent devant l'hôtel, Nadia resta dans la voiture pendant que Lucas allait à la réception laisser l'empreinte de sa carte ainsi que leurs bagages. De l'autre côté de la rue, en baissant sa vitre, Nadia remarqua soudain un chien trapu aux yeux exorbités qui, bizarrement, imitaient ceux d'un chat mais d'un noir liquide.

« Ah… te voici assez réceptive… mais évidemment Lucas te captive… suis Nimoël et… dois contacter Aïnari et… ».

L'animal se métamorphosa en cerbère, traversa la rue et bondit vers Nadia, les pattes avant tendues, hérissées de griffes rouges.

Elle émit un cri bref : l'hallucination l'avait fait basculer, en un millième de seconde, dans un autre univers.

– Un problème, Madame ?

Le chauffeur l'observait avec des sourcils froncés.
– Ce n'est rien, dit-elle posément. Un souvenir en voyant ce graff, sur le mur d'en face…

Elle allait ajouter quelque chose mais Lucas s'engouffra dans le taxi et le chauffeur se retourna. Lucas se laissa distraire par Barcelone mais elle, elle fut reprise par la crainte et la tristesse, car à la différence de son amant, elle connaissait la ville. Et bien qu'elle en fût entichée depuis des années, aujourd'hui son charme ne suffisait pas à la distraire.
Elle croyait maintenant comprendre ce qui lui arrivait. Mais pourquoi tentait-on de la contacter de cette façon ? Et qui était-il ?…
Le taxi se faufila dans la circulation et lorsqu'ils arrivèrent dans le quartier de l'Eixample, il allait être vingt heures.

Avec les mêmes gestes que Mercè la veille, Nadia inséra la clé et ouvrit la porte. Un éclat de lumière l'éblouit malgré l'éclairage du palier : le soleil se reflétait sur les vitres d'un immeuble en face et traversait l'appartement. Dès le vestibule, Lucas retint Nadia et la dépassa. En cet instant, il estimait que la prudence devait passer avant la galanterie.
Mercè aimait visiblement le noir : le canapé, la table basse laquée, le tapis, la hifi et la télévision, dans son salon, étaient tous de cette couleur. Pourtant, deux grandes toiles aux murs, aussi multicolores que des mosaïques d'Antoni Gaudi, égayaient intensément cette pièce.

Nadia se dirigea sans hésiter vers la petite terrasse où croissaient quelques plantes vertes dans des bacs en plastique. Elle trouva des gants de jardinage à côté d'un petit arrosoir, les mit et, bien campée sur ses jambes, elle renversa un grand bac qui contenait un ficus haut d'un mètre. Elle éparpilla la terre sur le dallage et arracha la plante jusqu'à l'apparition d'un sac en plastique vert foncé. Elle en extirpa une mallette noire et revint dans le salon où elle s'assit.

Lucas remarqua alors que Nadia semblait soudain exaltée. Une attitude inattendue qui l'intrigua.

Bien sûr, elle venait de fournir un léger effort et avait retrouvé le masque mais il pressentait autre chose sans parvenir à le définir...

Était-ce la proximité du danger ? Il avait déjà vu cela : certaines personnes, en situation périlleuse, devenaient aussi lucides qu'euphoriques... Il se souvint alors qu'il connaissait la jeune femme depuis peu et seulement en certaines occasions. Il était donc loin d'avoir observé toutes les facettes de sa personnalité...

– Tu ne l'ouvres pas ? Pour vérifier... demanda-t-il.

– Oh !... si la mallette est encore ici, c'est que le masque est dedans.

– Hmm...

– J'ai soif, soudain... peux-tu aller voir s'il y a quelque chose à boire ?

Lucas se sentit décontenancé mais acquiesça.

– Bien sûr.

Il alla dans la cuisine et la trouva bien rangée. De fait, excepté un empilement de tableaux sur la petite table du salon, rien ne semblait avoir bougé, rien ne montrait que Mercè ne reviendrait plus. Il supposa donc que la voisine avait remis un peu d'ordre. En ouvrant le réfrigérateur, il vit des bières mais opta pour deux jus de fruits. Il les décapsula et revint avec les deux bouteilles et un seul verre.

– Ananas ou mangue ?

En posant cette question, il constata que Nadia venait de refermer la mallette.
Et il fut certain qu'elle l'avait ouverte délibérément en son absence. Cela le surprit et l'agaça mais il continua de sourire en attendant la réponse.

Il envisagea de lui demander s'il y avait « Cocaine » parmi les CD empilés à côté de la chaîne hifi. Tu sais, un titre de l'album « Troubadour », de J.J. Cale… Ou bien de renoncer à l'allusion et l'interroger sans ambages sur la quantité de coke contenue dans cette mallette.
Mais il pensa qu'il pouvait totalement se tromper et blesser stupidement Nadia, déjà touchée par la mort de son amie. Pourtant, s'il s'agissait simplement d'un objet, même rare, exhumé lors d'une fouille et destiné à être exposé dans un musée, pourquoi le dérober à sa vue ?…
– L'ananas pour toi, la mangue pour moi, répondit-elle.

Ainsi qu'il l'avait prévu, Nadia accepta le verre qu'il lui tendait. Elle venait de le remplir quand son smartphone sonna. Elle sursauta et le sortit fébrilement de son sac à main.
– Nadia Demba ?… demanda un homme d'une voix dure, teintée d'accent américain.

09

À Venise, sur une placette de la Sacca della Misericordia qui jouxtait le port de plaisance, des adolescents, virtuoses de break dance, virevoltaient.
Téa cessa de regarder les îles de Murano et San Michele pour accorder toute son attention à Tiziano et Stéfano qui enchaînaient des power move synchronisés au rythme d'un tube récent.

Les touristes n'avaient pas encore complètement envahi les terrasses des restaurants qui allaient jusqu'à la limite du quai. Dix huit heures venaient de sonner au clocher de l'église proche et cette partie de la Sérénissime attirait moins les badauds. Tiziano et Stéfano laissèrent l'aire de danse, ici un dallage ordinaire, à trois autres adolescents qui multiplièrent les spins. Tiziano se dirigea vers Téa et lui dit :
– Elle déche trop cette zik ! Faudrait la mettre à donf !

Parfois, Téa avait le sentiment de parler une langue de plus. Elle parlait l'italien bien sûr mais aussi le français et l'anglais. Et le langage des adolescents, dont elle avait pourtant l'âge, lui faisait presque l'effet d'une quatrième langue.
Elle traduisit in petto, et pour s'amuser, les propos de son pote :
« Cette musique est vraiment bonne, il faudrait l'écouter à plein volume ». Et elle lui répondit :

– Ouais, moi aussi j'la kiffe. Mais bon, faut qu'je m'arrache.

Tiziano fit une grimace qui montrait sa déception, mais pas trop. Il lui fallait éviter d'avoir l'air trop accro à la belle adolescente. Téa lui fit une bise sur la commissure des lèvres. Il reçut le message implicite : « Téa et lui, ensemble, un jour, bientôt... ». Encore plus clair qu'un texto...
Élancée, sensuelle et mutine, Téa agitait volontiers les longues mèches de ses cheveux dorés pour allumer des escarbilles dans les yeux de ses prétendants. Elle s'éloigna et Tiziano reluqua sans malaise la divine proportion de ses fesses, moulées dans un pantalon crème, balancées avec naturel.

Téa s'engagea dans la Calle Trévisan, entre un mur lépreux et une palissade de bois brut. Elle se sentit suivie et, avec un sourire, elle se dit que le regard appuyé de Tiziano devenait palpable.
Elle se sentait encore joyeuse de sa balade matinale avec Loma, sa jument alezane, qui avait été à son écoute. Pourtant, elle avait choisi de la monter quasiment sans mors, avec un Indian Bosal, donc rien dans la bouche. Téa l'avait sortie de son box, l'avait pansée et préparée.
Après quoi, Loma l'avait gratifiée d'un trot qui avance, à l'aller, et d'un trot qui n'embarque pas, au retour. À vingt kilomètres au nord de la ville, le Circolo Ippico Mezzacapo était installé dans un ancien fortin long de cent vingt mètres et les chevaux y étaient bien soignés, nourris trois fois par jour, d'avoine, d'orge et de foin.
Elle bifurqua dans la Fondamenta della Misericordia où le canal, barré d'un petit pont et bordé de barques amarrées à des « bricole », des poteaux très frustes sans peinture, s'éloignait vers l'horizon.
Devant « Il Paradiso Nuovo », un restaurant fréquenté surtout

67

par des étudiants et des artistes, où elle se sentait dans son élément, elle s'arrêta brusquement. Elle fit semblant de lire le panneau qui affichait le menu, tout en jetant un coup d'œil vers sa droite.

Un type dégingandé, coiffé d'une casquette de toile, les yeux cachés par de larges lunettes de soleil, s'agenouilla soudain à dix mètres derrière elle, apparemment pour renouer un lacet de basket.

Téa remarqua qu'il portait un jean et une chemise bleue mais ne parvint pas à déterminer si ce type la suivait ou non.

Elle repartit d'un pas rapide en songeant à Tiziano avec qui elle espérait dîner un soir prochain au « Paradiso Perduto ».

À quinze ans et neuf mois, elle avait déjà fait l'amour douze fois et avait noté les jours, les heures et ses impressions sur ces moments nouveaux et intenses. Elle avait ainsi tenté de conserver dans son ordinateur ses souvenirs cryptés avec un code de son invention.

Jusqu'à ce qu'elle découvre, deux semaines plus tôt, que Claudio, son bel amant de vingt et un ans, son premier amant, était un homme marié. Donc un menteur et un beau salaud également…

Dans le Sestiere Cannaregio, toute à ses pensées, Téa grimpa une volée de marches, et continua le long d'un autre canal sur lequel des barques recouvertes de bâches rouges ou vertes se balançaient mollement. Les façades très disparates et les cubes des maisons semblaient avoir été posés là par un joueur de dés distrait.

Elle regarda par-dessus son épaule mais ne vit que deux couples assis sur des marches qui bavardaient, probablement sans penser à Sand et à Musset. Elle se dit qu'on ne l'agresserait pas devant des témoins.

Elle s'engagea dans la Fondamenta della Sensa où elle résidait. Là, elle leva les yeux vers les fenêtres de son logement et ne remarqua rien d'autre que le fatras d'antennes de télévisions qui hérissaient le toit au-dessus de la façade jaune d'or percée d'ouvertures étroites en voûtes romanes.

Soudain, elle revit le type en jean et chemise bleue, maintenant sans casquette et sans lunettes, qui tournait à l'angle de la rue. Elle l'estima âgé d'une quarantaine d'années et se dit que ce pouvait être un obsédé sexuel qui désirait seulement lorgner son cul jusqu'au bout... Ou un dragueur obstiné qui voulait pouvoir la retrouver ultérieurement.

Il paraissait peu costaud et elle avait quelques années de pratique d'aïkido à son actif. Elle envisagea d'aller donner une leçon de voltige à l'importun mais renonça. Il pouvait être armé.

Téa tourna brusquement et passa sous le porche qui donnait dans la cour intérieure de la maison où elle logeait.

Trois vasques en pierres, remplies de terre fraîche, en occupaient le centre mais aucune plante n'apparaissait.

Dans cet espace isolé, le type allait peut-être la violenter. Elle composa pourtant sans s'affoler le digicode et poussa la porte de bois mouluré. Mais le claquement qui indiquait qu'elle se verrouillait derrière elle, lui parut long à venir. Elle monta au troisième en imaginant les mains hâlées de Tiziano sur ses seins fermes, et cela la rassura. Elle se souvenait de l'agilité de ces mains sur un djembé et elle espérait la même, la douceur en plus...

Pour leur première fois et pour varier les plaisirs, elle espéra qu'ils iraient faire l'amour dans sa cabane, au-dessus des vagues de la lagune, là où les courants de marée sont les plus intenses. À proximité de la petite île de Malamocco, cette cabane, un assemblage de tôles et de planches sur pilotis était perchée au-dessus d'un vivier pour mulets dont s'occupait Ricardo, un vieux pêcheur, un ami de feu son père.

Elle fit deux tours au verrou, posa ses clés dans une corbeille près de la porte et alla dans la salle de séjour. Là, elle jeta sa veste de toile et son sac sur l'un des deux fauteuils noirs en rotin. Ils faisaient face à une table basse de même matière sur laquelle un livre se rappela à son attention : « Mémoires de Jacques Casanova, écrites par lui-même ».
Elle décida de le ranger dans un lieu plus discret pour le soustraire aux regards éventuels de Tiziano. Elle ne craignait pas qu'il fût choqué par la vie du séducteur mais intimidé pas l'apparente intellectualité de cette lecture.
Un bar dont elle avait fabriqué le plateau avec des plaques de marbre de Carrare récupérées dans le domaine parental, longeait partiellement l'un des murs. Elle se sentit tentée de passer derrière et de se servir un verre d'alcool. Mais elle choisit d'attendre un moment et de se calmer en restant devant la fenêtre double qui ouvrait sur le canal. Elle aspira une grande goulée d'air tiède et iodé.

Trois coups brefs et vibrants, sur le verre dépoli de la porte du salon derrière elle, la firent sursauter. Elle eut une exclamation, autant de surprise que de colère. Elle pivota dans un mouvement mille fois répété, prête à parer une attaque physique.
– Oh ! Harvey !
– Désolé Téa, désolé…

Harvey Whine… Elle ne l'avait pas vu depuis un mois et l'avait presque oublié. Lui non, visiblement. Et malheureusement...

– Qu'est-ce que tu fous ici ? Et qui t'a donné le code ?...
– C'est Mathis.
– Mathis ?... Mathis, il t'a donné le code ?
– Oui. Parce que c'est son anniversaire... demain. Il n'a pas pu venir mais il m'a envoyé pour t'inviter.
– Oh ! Son anniversaire... en juin ? Mais je ne sais pas ce que je vais lui offrir !
–Y'a pas d'trouble... on y va pour la soirée et tu peux rester demain bien sûr. Si tu veux...
– Pourquoi pas... d'accord...

Harvey travaillait dans la papeterie de Mathis, située rue des Champs-Élysées, mais une autre que celle de Paris. Et quelques mois plus tôt, Téa l'avait éconduit de diverses façons : cool, polie et condescendante pour finir par le virer, un soir chez Mathis, sans ménagement. Car son insistance pataude pour tenter de la séduire avait fini par l'horripiler.

Elle l'aimait bien, malgré cet incident, malgré son air avachi et ses chemises fripées qui dépassaient de ses baggies. Une dégaine qu'elle ne kiffait pas, bien qu'elle fût à la mode. Mais même habillé d'un costume trois pièces, il ne pourrait pas faire délirer Téa : il lui faisait penser à Droopy, l'humour en moins. Elle l'imaginait volontiers déclarer : « I am happy you know » mais sans une once de joie de vivre. Et bien qu'il fût âgé de trois ans de plus qu'elle, elle le trouvait immature.

Elle fit un geste ample du bras pour l'inviter à s'asseoir. Harvey abandonna le seuil de la pièce où il s'était immobilisé et alla se vautrer sur le canapé jaune face aux chaises en rotin et au bar.
Téa hésitait à lui proposer un alcool : Harvey fumait du cannabis tous les jours.

71

– Harvey…
– Ouais, ma blonde ?
– Eh ! Je ne suis pas ta blonde et tu le sais !

Harvey lui fit un sourire grimaçant. Il savait bien que Téa n'était pas une agace-pissette, une allumeuse, mais elle l'excitait par sa seule présence. L'adolescente en était consciente mais souhaitait aller voir Mathis quand bon lui semblait. Elle demanda d'une voix adoucie :
– T'es gelé ?
– Ah ? Tu te souviens de cette expression québécoise ? J'oubliais : tu es très douée…

Téa le regarda dans les yeux, ce qu'elle avait évité jusqu'à cet instant, étonnée par ce sarcasme. Il avait l'air vraiment dépité et en colère. Mais il se ressaisit et continua :
– Non, je n'ai rien fumé depuis hier !
– Vraiment ?
– No teush, today. Mais c'est parce que la nuit toutes les chattes me grisent…

Là, il la bluffait un peu. Elle le regarda de nouveau avec acuité mais ne décela rien d'autre qu'un mélange de désir et d'ironie.

Elle se glissa derrière le bar et se tourna partiellement. Le mouvement tendit son débardeur mandarine et révéla la fermeté, la douceur et la rondeur parfaite de ses seins. Elle nota le regard étréci d'Harvey et demanda :
– Basta ! Je te sers quoi ?
– Euh… tu n'as pas de liqueur Galliano, je crois… il va falloir inventer une variante… avec du Marsala, ça devrait le faire…
– Eh ! Si c'est trop compliqué, tu vas te le faire…
– Mais non. Une dose de Marsala, quatre de vodka et douze de

jus d'orange.

– Tu vas boire ça ?

– Une fois n'est pas coutume. Et ça, comme tu dis, appelons-le un « Harvey Without Anger »...

– À ton aise... dans un tumbler, avec des glaçons ?

– Ce sera parfait, merci.

Sur le bar un bouquet de fleurs en tissu, très réaliste, côtoyait un seau à glace, un shaker et un alignement de verres aux formes variées. Elle prépara les deux boissons et les porta sur la table. Puis elle déposa deux coupelles remplies de noix de cajou et de cacahuètes et lui dit :

– Commence sans moi. Je vais me préparer.

Harvey sembla hésiter et tendit une main vers elle, sans aller jusqu'à la toucher. Téa songea que ce type était bien gentil mais beaucoup trop collant.

– Ce n'est que pour une nuit, t'sais... dit-il finalement.

– Oui, mais moi, pour une nuit, il me faut un peu plus qu'une brosse à dent !

Et elle espéra qu'il verrait l'allusion glissée dans cette réplique et qu'elle le moucherait... Mais Harvey n'y vit que des considérations pratiques et hocha la tête en signe d'assentiment. Elle revint cinq minutes plus tard avec un sac en bandoulière et son sac à main. Elle posa les deux sur la moquette. Harvey avait déjà vidé son verre et il demanda :

– Tu ne touches pas à ton drink ?

Sa sollicitude apparente cachait en fait son désir de boire le deuxième verre. Téa se demanda une seconde si elle allait boire cet alcool maintenant puis elle lui adressa un sourire ironique et répliqua :

– Si ! Aucun risque sur la route, pas vrai ?...

Harvey cacha son désappointement. Et Téa, avec l'élégance qu'elle aurait eu au cours d'une soirée dans un palais de la Sérénissime, porta le verre à ses lèvres. Harvey devina qu'il ne les effleurerait jamais, ces lèvres si charnues, et en eut une bouffée de rage qu'il dissimula en baissant la tête avant de se lever.

Téa ne finit pas son verre et le laissa sur le bar, à côté d'une pendulette qui affichait un peu plus de dix neuf heures. Ensuite, elle prit ses bagages et rejoignit Harvey devant la porte d'entrée. Ils se retrouvèrent à trente centimètres l'un de l'autre. Elle regarda les yeux du jeune homme et y vit un flou sarcastique. « Il a menti… il a fumé au moins un joint. » pensa-t-elle. Mais cela importait peu finalement. Alors elle dit d'une voix chantante :
– Acqua torpida, non fa specchio, Mathis Gagnon.

Harvey sourit mais, de la part d'un ami venu transmettre une invitation, ce sourire se révélait bien tardif et bien ironique. Pourtant si son intention avait été de la violer, il l'aurait tenté ici, chez elle.

Après avoir pensé cela, Téa se souvint soudain que Mathis était né en octobre…

Une colonne de lumière intense envahit le couloir de l'entrée et les encercla. Un grésillement se propagea dans tout le logement mais ils ne l'entendaient déjà plus.

10

À Barcelone, Nadia écouta son interlocuteur pendant trente secondes puis cracha une litanie de mots incompréhensibles pour Lucas. Mais l'intonation montrait clairement sa rage et son mépris. Il supposa qu'il s'agissait de jurons en wolof et estima que le type au bout du fil, tout comme lui, ne les comprenait pas. Il pensa que Nadia ménageait ainsi, malgré tout, la susceptibilité du destinataire.
Évidemment plus par prudence que par politesse...

Plus posément, elle dit :
– Non ! Je veux une preuve ! Je veux entendre Téa !

Ses yeux fixèrent Lucas mais sans vraiment le regarder. Elle était happée ailleurs. Il posa une main sur son épaule et la ramena à leur complicité. Il n'était pas étonné : des types qui avaient commis un assassinat n'allaient pas en rester là. Mais Nadia ne paraissait pas vraiment surprise non plus.
– Bien sûr que j'attends !

Et elle coupa la communication puis confirma ce que Lucas avait deviné :
– Ils ont enlevé Téa...
Le doute envahit de nouveau Lucas et plusieurs hypothèses lui vinrent à l'esprit. Mercè était-elle vraiment décédée ?

La voisine de Mercè, cette femme qui avait appelé Nadia, avait peut-être été achetée ou menacée pour le dire... Mercè, si chère à Nadia, avait-elle vendu leur découverte au plus offrant ?

Une chose lui semblait certaine : l'un des proches de Nadia avait trahi les autres...
– Ils vont te laisser parler avec elle ? demanda-t-il
– Oui.
– Ils veulent le masque en échange ?
– Oui...

Lucas hocha la tête et reprit :
– Tu avais l'intention de le remettre à sa place en espérant qu'ils cesseraient de vous traquer... mais maintenant ?
– Téa vit à Venise et ils veulent que nous allions là-bas pour l'échange. Ce soir.
– Ce soir ?

Le smartphone sonna. Nadia répondit et, cette fois, activa le haut-parleur. Lucas parlait couramment l'italien mais Téa n'en dit que deux mots et s'exprima ensuite en français. Il en déduisit que les kidnappeurs comprenaient cette langue.
– Pronto ? Pronto ? Nadia, c'est toi ?
– Oui, Téa.
– Je ne peux pas te parler librement...
– Je m'en doute... as-tu subi des violences ?
– Non, pas vraiment... on m'a posé quelques questions... écoute, accepte l'échange, ne me cherche pas... c'est comme si j'étais sur la lune et ces types ne sont pas des boute-en-train...

Téa avait dit cette dernière phrase très vite, sur un ton neutre mais en accentuant deux mots. Nadia et Lucas entendirent une exclamation et l'homme reprit la communication, en anglais,

d'une voix posée et légèrement amusée :
– Vous voyez, elle a encore l'audace de plaisanter. Alors ?
Vous n'allez pas risquer sa vie pour un nouveau bidule
technologique, n'est-ce pas ?
– Vous avez déjà tué Mercè…
– Une erreur d'un abruti de subalterne.
– Une erreur ?

Lucas vit une lueur de violence passer dans les yeux de Nadia
mais elle se retint et resta muette. L'homme continua,
apparemment sans noter son émotion.
– Un accident regrettable. Je n'étais pas sur place. Désolé pour
votre amie.

Lucas se dit qu'ils n'auraient aucune garantie et que ces types
voudraient probablement éliminer tous les témoins. Malgré la
contrition inattendue du malfrat qui lui sembla extravagante et
donc mensongère. L'homme reprit :
– Je vous rappelle dans un moment… vous me préciserez votre
heure d'arrivée à Venise. OK ?
– D'accord, répondit Nadia à contrecœur.

Elle posa son smartphone avec un cri de rage.
Puis elle prit une grande inspiration et décrocha le téléphone
sans fil de Mercè. Elle constata la présence de la tonalité,
raccrocha et dit :
– Je vais réserver deux places dans le prochain vol.

Lucas secoua la tête. L'attitude de la jeune femme lui parut
soudain incohérente.
– Attends, attends… il faut prévenir la police à Venise. Si nous
allons à leur rencard, ces types vont nous flinguer… sans
hésitation.

– J'irai seule, alors !

L'inconscience et l'illogisme de cette réponse, l'inquiétude pour Nadia, ajouté au sentiment d'être manipulé, mirent Lucas en colère. Il hurla :
– Bordel ! Cesse de te foutre de moi ! Le truand a clairement parlé d'un « nouveau bidule technologique »…

Nadia le regarda avec ahurissement et Lucas continua plus posément :
– Qu'est-ce que tu me caches ? Crois-tu que je vais écrire un article sur ce que tu vas me dire ?…

Elle sembla encore hésiter. Alors, malgré une pointe d'agacement devant ses doutes et son manque de confiance, il ajouta calmement :
– De toute façon, je ne le fais jamais sans avoir vérifié mes infos… il me faut au moins deux sources différentes.

Nadia s'énerva à son tour et répliqua vivement :
– Je te connais depuis peu… je ne pouvais pas tout te dire immédiatement ! Même si je me sens bien avec toi…
Elle avait les larmes aux yeux.
– Désolé, désolé… excuse-moi… dit Lucas.

Et il la prit dans ses bras. Ils restèrent ainsi quelques secondes puis elle se dégagea doucement et fouilla dans son sac. Elle en retira un mouchoir en papier et ajouta :
– C'est vrai, ce n'est pas un masque en or. Mais ça ne change rien pour Téa.
– Alors, c'est quoi ?
– C'est une nouvelle technologie… je te montrerai le kit à Venise…

– Pourquoi pas maintenant ?

– Nous n'avons pas vraiment le temps… et ici, tu ne verras rien de très convaincant. Chez Téa, je pourrais t'apporter des preuves, te faire une démonstration…

– Ah…

– Tu me suis toujours ?

– Oui… je vais te faire confiance.

Elle retourna s'asseoir, reprit son smartphone et se connecta au wi-fi de Mercé. Après avoir trouvé le numéro de l'aéroport, elle appela. Lucas alla dans la cuisine, trouva une petite pelle et revint sur la terrasse pour ramasser sommairement le ficus et la terre.

Quand il rejoignit Nadia, elle le remercia d'un sourire enjôleur qui l'étonna et dit :

– Eh bien, nous avons de la chance… j'ai obtenu un Vueling : Barcelone, vingt et une heures vingt, arrivée à Venise, vingt trois heures cinq… j'ai aussi demandé un taxi. Il sera en bas dans cinq minutes. On s'arrêtera à l'hôtel pour reprendre les bagages.

– OK… mais aux portiques, on passera comment ?

– La mallette est équipée d'un système de brouillage high-tech… un truc nouveau. Il n'y a aucun risque.

– Vraiment ? Tu sais à quel point les contrôles sont renforcés maintenant…

– Aucun risque, je t'assure.

– Si tu le dis…

Le téléphone de Mercè sonna. Nadia l'avait utilisé pour commander le taxi et il prévenait de son arrivée. Elle répondit qu'ils descendaient.

Quand Lucas vit le chauffeur, un petit gros moustachu, le souvenir du sergent Garcia, bafouillant après avoir été zébré

par Zorro, lui revint. Il le trouva tout de même un peu moins rondouillard et beaucoup plus adroit. Le type conduisait avec brio dans Barcelone et vantait une multitude d'aspects de sa ville : de la Boccheria au Palacio del Ramon, en passant par le parc Guell. Il l'aurait probablement fait en catalan si ses passagers avaient compris sa langue. Nadia répondait quelques phrases quand elle le pouvait, mais elle n'avait guère envie de jouer les touristes. Lucas devina, plus qu'il ne comprit, de quoi parlait le bonhomme mais, pendant une minute, il fut captivé par sa jovialité. Puis soudain il s'exclama :
– Arrêtez-vous, s'il vous plaît !

Le chauffeur eut un petit sursaut et se gara rapidement le long du trottoir. Nadia regarda Lucas avec étonnement.
– Je vais acheter de quoi manger, dit-il. J'ai faim et j'ignore si nous aurons un repas dans l'avion. Je viens de voir un bar qui propose des tapas alléchantes... je vais voir si je peux les emporter.
Il revint trois minutes plus tard et posa deux paquets sur cette mallette mystérieuse dont ils avaient oublié un instant la valeur mortelle... Ensuite, le taxi stoppa de nouveau, cette fois-ci devant l'hôtel où ils ne dormiraient pas. Lucas alla reprendre leurs deux sacs de voyage.

À l'aéroport, après avoir acheté deux petites bouteilles d'eau, ils grignotèrent les rouleaux au jambon de Serrano et les pinchos sur tartines, au chèvre et à la tomate. Pour réussir à les emporter, sans rester au bar, après pourboire et négociation en anglais, Lucas avait dû se montrer persuasif...
Soudain Nadia se redressa et dit :
– J'ai une idée. Il y a un Alitalia qui décolle vingt minutes avant nous. Mais comme il fait escale à Rome, il arrive à

minuit quarante cinq à Venise. Alors quand ce salaud rappellera, je lui dirai qu'il n'y avait des places que sur ce vol.

– Et nous aurons le temps d'aller voir la police, c'est ça ?

– Euh... oui. Ça nous laisse un délai de... d'une heure quarante...

– Bonne idée !

Cinq minutes plus tard, le smartphone de Nadia sonnait de nouveau. Elle mentit comme prévu et l'homme déclara qu'il rappellerait vers une heure du matin, pour préciser le lieu du rendez-vous.

11

À l'embarquement, Nadia prit la mallette en bagage accompagné et tout se déroula sans incident. Lucas se sentit aussi bluffé que s'il avait assisté à un numéro de close-up... Dans l'avion, après avoir bu le quart de la bouteille d'eau, elle lui dit :
– Tu vois, aucun problème... désolée pour le bobard...

Lucas lui répondit par un sourire mi-figue mi-raisin. Nadia haussa les sourcils et reprit :
– Il faut réfléchir à ce qu'a dit Téa. C'est certainement pour nous aider.
– Ah oui ! J'avais oublié.
– C'est comme si j'étais sur la lune et ce ne sont pas des boute-en-train.
– C'est ça.
– Une idée ?
– Eh bien, Téa est loin et ailleurs qu'à Venise.
– Peut-être... et proche d'une gare ?...
– Je doute qu'il y ait un rapport avec le train, c'est trop évident...
– Téa est surdouée, elle a un QI exceptionnel. Mais elle essaie souvent de faire simple.
– Je te crois, mais…

Lucas tendit la main, Nadia lui donna l'eau et il but.

– Merci… je pense qu'il y a un lien entre lune et boute-en-train. Et je persiste à penser que ce n'est pas si simple…

Il sortit son smartphone d'une poche et mit des écouteurs.

– Excuse-moi, je vais laisser aller mon imagination en écoutant de la musique.

– Bonne idée, répondit Nadia en prenant son baladeur MP3 dans son sac. Je vais faire comme toi. Tu écoutes quoi ?...

– Un mélange de mon choix : Duffy, Katie Melua, Berry, Rickie Lee Jones, Morley, Emma Daumas et Dido.

– Je vois, je vois… un florilège de belles voix féminines.

Lucas eut un rire bref et répondit :

– Oui… mais je veux bien ajouter la tienne…

Nadia sourit, se pencha et déposa un baiser léger sur ses lèvres.

– Et toi ? demanda Lucas.

– Ismaël Lô, « Jammu Africa ».

Ils se laissèrent absorber par la musique. Nadia se permit toutes sortes d'associations d'idées avec les mots « lune » et « boute-en-train ». Le premier évoquait une pièce d'argent, voire les fesses… Et le second, dans son sens originel, le mâle qui excite une femelle sans la saillir.

Les connotations sexuelles de ces deux mots amusaient Nadia mais elle restait persuadée que Téa n'avait pas plaisanté et avait voulu leur donner un indice.

Elle savait que Téa pratiquait l'équitation. Elle se demanda donc si son amie était séquestrée dans un haras. Le manège avait la rondeur de la lune… Il pouvait y avoir des étalons…

Fallait-il chercher l'adresse de tous ceux proches de Venise ?
Ou celle d'un centre équestre ?

Nadia n'avait écouté que trois titres de l'album lorsqu'elle se
tourna vers Lucas qui avait les yeux clos. Elle se demanda s'il
réfléchissait encore ou somnolait simplement. Elle lui toucha
l'épaule et il retira ses écouteurs.
– Il faut aller chez Téa ! On y trouvera certainement des
indices, dit-elle.
– Quoi ? On ne va pas voir la police ?
– Après…

Lucas eut de nouveau le sentiment que Nadia voulait éviter à
tout prix les autorités. Mais il avait choisi de lui faire
confiance…
– Et comment comptes-tu entrer chez Téa ? demanda-t-il.
– Je ne sais pas... cette fois, je n'ai pas la clé. Et c'est au
troisième étage.

Puisque Nadia semblait vouloir jouer en solo, il n'hésita pas :
– Une effraction, ça te choque ?
– En l'occurrence, non.
– Alors nous verrons. J'ai beaucoup pratiqué la grimpe, il y a
une dizaine d'années et je reste un bon grimpeur...

Alors Nadia lui fit part de ses hypothèses au sujet des mots
prononcés par Téa mais il douta que cela les aiderait vraiment.

***

À l'aéroport de Venise Marco Polo, ils récupérèrent rapidement
leurs sacs et sans aucune difficulté.

Lucas ne fit aucun commentaire mais comprit à quel point cette mallette pouvait exciter l'avidité d'une multitude de gens sans scrupules. Le seul fait qu'elle puisse passer les contrôles des aéroports pouvait intéresser plus d'un groupe terroriste... Ou plus d'un narco-trafiquant pour lequel c'était beaucoup plus sûr que l'estomac d'une mule, un passeur dans le jargon de ces dealers... Ou encore, plus d'un truand désireux de faire entrer un paquet de billets ou de diamants en Suisse...

Il décida qu'ils n'iraient pas à ce rendez-vous, à l'évidence mortel, sans prévenir la police pour assurer leur protection. Et cela que Nadia le veuille ou non. Car il estimait la libération de Téa malheureusement très improbable.

Nadia choisit sans hésitation le bus jaune qui les déposa sur la Piazzale Roma, déjà éclairée par des alignements de réverbères. Là, ils sautèrent dans un vaporetto et descendirent quelques minutes plus tard devant la Ca'd'Oro.

Le palais blanc à trois étages, déjà illuminé, ouvert d'arcades ciselées, soutenu par des colonnes étoilées, se découpait dans la nuit.

Ils continuèrent à pied car Nadia savait qu'ils n'auraient que dix minutes de marche. Ils franchirent un pont métallique dont les parapets semblaient faits de dentelle noire, puis Nadia hésita à un croisement. Ils s'arrêtèrent une minute, satisfaits de poser leurs bagages devenus pesants.

Soudain, un vieil homme dont les cheveux gris apparaissaient noués en catogan et une toute jeune fille qui tenait une rose, surgirent à l'angle de la rue. Lui portait un masque blanc, bizarre car les yeux en étaient obturés, et une cape noire. Il ne lui manquait que le tricorne pour que la « bauta » traditionnelle fût complète. Elle, visiblement, le guidait par la main. Le vieil

85

homme était-il aveugle ? Ou bien s'agissait-il d'un jeu entre amants, un jeu érotique et tarifé ?

Nadia fixa les yeux du masque qui luisaient étrangement sous le clair de lune.
« Aïnari saura… ».
Elle grimaça légèrement, sans être remarquée par Lucas. Bien évidemment, elle avait été la seule à entendre ces deux mots... Mais, pour l'instant, elle ne savait que faire de tels messages…

Le vieil homme épousseta sa manche nonchalamment et, sans bien savoir pourquoi, Nadia y vit un signe d'innocence.
Ils croisèrent les deux passants en les saluant d'un hochement de tête.
Plus loin, dans une ruelle séparée du canal par un muret, Nadia manqua tomber à cause d'un sac poubelle posé devant une porte. Elle jura brièvement, en français cette fois… Un instant plus tard, un chat blanc et noir les observa quelques secondes avec suspicion puis fila. Lucas nota que le pelage de sa tête dessinait un masque blanc…

Ensuite, ils longèrent un petit estaminet qui se qualifiait de « Snack Bar » et que Nadia reconnut. Sous une lumière tamisée, les tables dehors étaient fixées au sol et restaient vides.
– Pas assez romantique pour Venise ce snack !... commenta Nadia, certaine que Lucas serait de son avis. Et en effet son amant l'approuva d'un soupir...

Une cinquantaine de mètres plus loin, Nadia tourna à droite dans une rue perpendiculaire et dit :
– Nous y voici ! Fondamenta della Sensa.

Elle s'immobilisa et posa son sac, Lucas l'imita, puis elle leva le bras, index tendu.

– Les deux fenêtres sur la terrasse, la petite et la porte-fenêtre, ouvrent chez Téa. Il y en a deux autres mais elles donnent côté canal. Ce sera plus facile ici, non ?

– Oui. Qui plus est, la petite est entr'ouverte. Tu vois ?

– Oui. Je vais aller t'attendre dans la cour intérieure.

– D'accord. Et je viendrai t'ouvrir, bien sûr.

– À toi de jouer !...

Devant la maison contigüe, un muret était prolongé d'une grille à croisillons, jusqu'à deux mètres de hauteur. Au-dessus, deux barreaux en croix fermaient des petites fenêtres et constituaient une bonne prise. Plus haut encore, un lampadaire suspendu à une barre horizontale décorée de spirales en fer forgé pouvait servir de point d'appui.

Lucas se promit in petto d'en tester la solidité avant de se hisser d'une traction sur la terrasse.

– Ici, c'est un jeu d'enfant, dit-il sans forfanterie.

Il retira son blouson et le posa sur son sac. Puis il vérifia que la ruelle restait vide et grimpa, aussi souple que précis. Il se glissa chez Téa par la petite fenêtre et se retrouva dans une salle de bains. Sitôt entré, il remarqua immédiatement la hauteur du plafond mouluré qu'il évalua à trois mètres du sol.

En sortant de cette pièce, il constata que tout l'appartement avait la même ampleur. Il aperçut un portemanteau au bout du couloir, à côté d'une porte en chêne, et il en déduisit sans génie qu'elle servait d'entrée. Il rejoignit Nadia au rez-de-chaussée.

Après quoi, ils remontèrent au troisième où, sans la mort de

Mercè, sans l'enlèvement de Téa, ils auraient joui de ces minutes ludiques. Mais ce n'était pas le moment idéal pour échanger un baiser sur le bord d'une fenêtre avec vue…

Dès qu'ils furent chez Téa, Lucas visita la chambre puis resta dans la pièce qui servait de bureau tandis que Nadia, après un rapide coup d'œil à la cuisine qui se trouvait au bout du long couloir, allait dans la salle de séjour.

Là, elle examina plusieurs malles indiennes peintes, de tailles différentes, mais n'y trouva que des piles de magazines sur l'équitation, des bibelots, des livres. En relevant la tête, elle se trouva face à un cheval qui ricanait follement. Elle reconnut un dessin de Picasso et dit à haute voix :

– Aide-nous au lieu de nous narguer !…

Puis elle apprécia la sobriété et l'élégance du bar mais son attention fut attirée par une lettre posée à la verticale entre deux verres. Elle la prit délicatement et vit au verso qu'un dénommé Claudio en était l'auteur. Alors elle la remit exactement à sa place. Et, en baissant les yeux, elle reconnut un phœnix, une plante verte qu'elle avait aussi chez elle. Téa s'était amusée à poser dans le feuillage un jouet de la taille d'un œuf : une soucoupe volante en plastique. Nadia sourit avec amertume devant cette facétie de l'adolescente. Mais elle ne remarqua rien qui semblât avoir un lien avec les paroles de Téa.

Elle rejoignit Lucas dans le bureau.

Il avait allumé la lampe articulée, fixée sur le meuble en merisier où se trouvait également l'ordinateur, et venait de mettre la machine en fonction.

– J'ai essayé les deux mots mais ça ne marche pas. Il en faut un autre pour ouvrir une session.

– Eh bien, on ne pourra donc rien obtenir de son ordi. Bon…
on ne va tout de même pas tracer un carroyage…
– Un quoi ?
– Euh... je dis ça pour plaisanter... c'est ainsi que nous
nommons le découpage en carrés d'un site de fouille.
– Ah… j'espère que ce que nous cherchons n'est pas trop
enfoui... dis-moi, on dirait que Téa vit seule ?
– Oui, je crois. Jusqu'à présent c'était le cas mais je ne l'ai pas
vue depuis trois mois.
– Même si elle est surdouée, ce n'est pas un peu jeune pour
quitter ses parents ?
– Ils sont morts dans le crash d'un avion au-dessus de l'Égypte,
il y a trois ans.
– Ah… désolé pour elle !
– Mais elle a une tante à Venise… et elle a une maturité
exceptionnelle.
– Hmm…
– Bon, essayons encore... je retourne dans la cuisine… je n'ai
fait qu'y passer.

Lucas se mit à examiner des étagères chargées de livres, en
inclinant la tête pour lire les titres. Mais aucun ne semblait
révélateur. Alors il regarda de nouveau sur le bureau. Là, à côté
d'une coupelle en argent remplie de billes multicolores et d'un
compas ouvert, une longue tige de graminée dépassait d'un
album de BD : « Fable de Venise », une aventure de Corto
Maltese. Il le prit pour lire la page ainsi choisie et découvrit
dessous un agenda ordinaire. Il laissa l'album pour feuilleter
l'agenda et lut chaque nom en essayant d'y voir un lien avec la
lune ou les boute-en-train.
Une nommée Dawa, résidant à Trongsa au Bhoutan, retint son
attention. Dans un premier temps il estima que c'était

l'exotisme de ces noms qui l'attirait mais il avait remarqué un dictionnaire italien-tibétain parmi les livres. Il se fia à son intuition et feuilleta les pages du dictionnaire jusqu'à la lettre D, en tibétain.
– Voilà !... dit-il.

Nadia revint à cet instant précis.
– Voilà quoi ?
– Dawa signifie lune ! Et c'est également un prénom, tout comme Luna en est un en italien ! Téa connaît une Dawa qui vit au Bhoutan !
– D'où les boute-en-train ?…
– Oui, confirma Lucas. Et le numéro de Dawa est dans cet agenda.
– Je l'appelle !
– Euh… elle dort probablement. Ici, il est minuit trente cinq… donc… sauf erreur, il est quatre heures trente cinq là-bas.
– Et alors ? C'est l'indice de Téa, oui ou non ?
– Oui, c'est évident.
– Alors, je l'appelle.

12

Dawa Kambou répondit à la première sonnerie. En entendant une femme lui parler en anglais, elle s'adapta aussitôt. La grande majorité de ses clients éventuels appelaient de l'étranger et s'exprimaient dans cette langue. Après quelques secondes, elle comprit qu'il ne s'agissait pas de l'appel d'une touriste mais que Téa était en danger.
Elle répondit à Nadia :
– Oui, je sais pourquoi Téa vous a mis en relation avec moi.

Dawa hésita quelques secondes, entendit une question de Nadia, continua :
– Je suis la seule à qui ils ont confié un finder... un localiseur. Téa le sait et elle sait aussi que cette machine va nous permettre de savoir où elle est.

Dawa entendit deux voix s'exclamer et comprit qu'elle avait affaire à un couple. Elle précisa :
– Mais il va me falloir environ trente minutes pour aller le chercher et vous rejoindre... je l'ai caché à proximité d'un tcheuten des environs et...
Nadia demanda de quoi il s'agissait.
– Un stoupa, un grand reliquaire...

Dawa se souvint de la façon dont un ami, Séverino, l'avait décrit : une sorte de cloche, dotée d'yeux orientés vers les quatre points cardinaux, posée sur un genre d'escalier installé sur un cube. Une vision peu orthodoxe et plutôt minimaliste d'un tcheuten mais qui l'avait amusée...

Après avoir échangé quelques phrases de politesse, Dawa coupa la communication. Près d'elle, sur le grand lit, un roman de Jorge Amado, « Yansan des orages », offert récemment par Séverino, côtoyait un grand livre, « The Iconography of Tibetan Lamaism ». En réalité, depuis que la saison touristique avait débutée elle lisait peu mais les images lui rappelaient des souvenirs. Elle se leva et enfila une polaire, un vêtement bien peu traditionnel mais nécessaire.
Son village, Trongsa, à cinquante kilomètres de Thimphu, la capitale du Bhoutan, se situait à deux mille deux cents mètres d'altitude et il faisait encore froid la nuit. Elle mit des chaussures de randonnée, prit un sac à dos vide et sortit de chez elle.
Son logement jouxtait l'hôtel dont elle était devenue gérante à la mort de son mari. Dans le clair de lune intense, les toits du Dzong, le monastère fortifié, dorés le jour, semblaient argentés. La lampe torche qu'elle avait glissée dans son sac allait probablement être inutile.
Elle passa devant un camion peint en rouge, jaune, vert et bleu, un Tata acheté en Inde par son voisin Jigmé. Quelques mètres plus loin, des drapeaux étroits, accrochés à de longs mâts, pendaient immobiles dans l'absence de vent.
Ainsi, ce qu'elle avait craint et pressenti était arrivé : une organisation criminelle puissante connaissait maintenant le secret du réseau et voulait s'en emparer.
Elle se félicita d'avoir insisté auprès des HN°KL pour obtenir

ce localiseur ainsi que la liste de tous les relais de la planète. Mais il restait à savoir qui allait pouvoir les aider, éventuellement, à délivrer Téa.

Et les évènements récents révélaient que le temps était venu de mener une réflexion approfondie sur les modalités d'extension de cette technologie. Donc sur la révélation ou non de la vérité intégrale…

Dawa trébucha sur une pierre aussi grosse que le poing et se morigéna trois secondes : « Inutile de ruminer comme un yak… ». Son attention revint au chemin pendant une minute mais le sentiment du danger et cette marche nocturne ravivèrent des souvenirs anciens.

Une pleine lune éblouissante éclairait aussi les sentiers lorsqu'elle avait fui le Tibet, à quatorze ans, avec un groupe d'amis, en avril 1959. Ils avaient quitté Gyangtsé, où elle était née et avait toujours vécu, au pied de la citadelle et du monastère de Palcho, brun rouge et blanc, entre les montagnes grises et les champs d'orge, verts l'été. Le jeune homme qu'elle aimait, Tseuwang, âgé de dix sept ans, et à qui elle voulait se donner, les accompagnait. En ce temps-là, flirter en présence des autres ne se faisait pas, alors leur attirance s'exprimait seulement par des regards et des caresses pudiques. Peu avant la frontière, dans un village en ruine et déserté, une échauffourée avait eu lieu. Quelques soldats gardaient le passage, un col situé pourtant à six mille mètres. Le jeune homme fut de ceux qui utilisèrent leurs armes et qui permirent aux rescapés de rejoindre l'Inde. Malheureusement Shengi, le dieu de la mort, emporta ce jour-là Tseuwang et quelques autres compagnons. Les survivants marchèrent encore jusqu'à Dharamsala où un grand nombre d'exilés avaient été accueillis. Quelques années plus tard, à vingt trois ans, elle connut

93

Sonam, un bhoutanais qu'elle épousa et avec qui elle vint vivre au pays du Dragon.

Dawa songea soudain à Séverino et décida de le prévenir. Il pourrait apporter ses compétences d'infirmier au cas où il y aurait des blessés. Seulement des blessés légers, elle l'espérait…
Quand elle revint dans la pièce principale qui lui tenait lieu de salle de séjour et de cuisine, elle se dirigea dans un angle et s'immobilisa devant un Bouddha doré. La statue trônait sur un socle, un simple cube en bois laqué noir, contre lequel un dranyen, un instrument de musique à cordes, s'appuyait.
Dawa salua le Bouddha en joignant les mains à hauteur de son front, de sa gorge et de son cœur. En cet instant, il s'agissait d'un appel à sa bénédiction car, pour aller chez Téa, elle savait cet acte inutile. En revanche, elle devait prononcer ce qu'elle nommait « la formule magique » et elle le fit en souriant :
– Nga chola yeu, Téa Uboldi !

En tibétain, Dawa venait de dire : « Je suis en voyage ».
Une vive lumière l'enveloppa, aussi intense que mille nouvelles lunes.

***

Après avoir raccroché, Nadia ouvrit la mallette devant Lucas. Il n'y avait là rien d'extraordinaire : seize sphères noires, visiblement métalliques, qu'il avait comptées posément. Et c'était tout.
On les aurait prises pour des boules de pétanques si leur taille avait été les mêmes. Mais Lucas estima qu'elles avaient les dimensions des boules de billard.
Quand Nadia précisa, en deux mots, de quoi il s'agissait, il en

resta muet d'incrédulité pendant plusieurs secondes. Il allait poser une question quand le smartphone de la jeune femme sonna.

Ils se regardèrent et Lucas décela une ombre d'hésitation dans les yeux de Nadia. Elle secoua la tête et ses perles cliquetèrent. Malgré, ou peut-être à cause de, la tension du moment, il en fut touché, happé par la séduction de la jeune femme.

– Tu t'en es très bien sortie jusqu'à présent... ça va aller.

– Oui...

Elle prit une grande inspiration et décrocha.

– Allo ?

– Vous êtes à l'aéroport ?

– Nous venons d'arriver... mais il faut encore récupérer nos bagages...

– OK. Vous prendrez un taxi et vous irez à Mestre, au Circolo Ippico Mezzacapo.

– Au ?...

– Circolo Ippico Mezzacapo. C'est un centre équestre, à douze kilomètres de l'aéroport. Il n'y aura personne à cette heure-ci. Je vous rappelle bientôt. Ne venez qu'avec votre ami, évidemment...

– Euh... d'accord. Mais...

– Mais quoi ? demanda le truand, d'une voix dure.

– La mallette et nos autres bagages sont en stand-by... ici, il y a une grève d'une partie du personnel au sol et...

– OK... vous irez sur les lieux dès que possible. Je vous rappelle dans une heure !

Et l'homme raccrocha.

– Tu l'as encore bluffé ?

– Oui... je crois que j'ai gagné encore un peu de temps...

– Bravo… alors ?...

– Il m'a indiqué le lieu du rendez-vous : un centre équestre, en pleine campagne, proche d'ici.

– Eh bien, ton hypothèse semble juste. Mais je ne vois pas trop en quoi Dawa va pouvoir nous aider...

– Puisque ça nous laisse encore un peu de temps, nous pouvons localiser précisément Téa… et prévenir la police avant de partir d'ici.

– OK. Mais que peut faire Dawa, en étant si loin ?…

– Elle va venir...

– Vraiment ?

Pendant ce temps, Atlas Tweed-Eye continuait de rechercher Mathis Gagnon. Initialement, il avait prévu de l'intercepter dans la matinée. Mais l'homme avait modifié le planning de sa journée d'une façon totalement imprévue et il ne savait plus où le trouver.

Il avait évidemment envoyé deux de ses subalternes pour surveiller la maison et le magasin de Gagnon. Mais sans résultat. Certes, Il n'avait plus besoin de cet homme pour obtenir le kit mais il ne fallait pas laisser de témoins…

La jeune Téa Uboldi s'était montrée très bavarde, contrairement à ce qu'il avait envisagé. Mais elle n'avait rien révélé de vraiment utile. Excepté l'endroit où elle pratiquait l'équitation et dont elle n'avait pas deviné l'intérêt pour un rendez-vous. Car le lieu avait paru suffisamment isolé et facile à trouver pour y récupérer la mallette.

Ensuite, Atlas Tweed-Eye avait fini par comprendre que l'adolescente parlait beaucoup pour tenter d'obtenir des informations ou distraire ses ravisseurs. Elle avait glissé quelques questions pièges auxquelles il avait failli répondre, machinalement…

Il avait prévenu Susan Delta-Smith, une heure après l'enlèvement de la jeune italienne. Dès qu'il eut la quasi certitude que la mallette était entre les mains de Nadia Demba.

Susan Delta-Smith, restée en attente jusqu'à cet instant, avait alors repris la route, pour l'Italie. Elle avait loué une voiture, sous un faux nom bien sûr, et avait choisi de passer par la France pour limiter les risques. Cela, dans l'hypothèse où sa sœur l'aurait balancée aux flics...

En conséquence, il lui faudrait presque sept heures pour rejoindre Mestre. Atlas Tweed-Eye vérifia l'heure à sa montre et fit un rapide calcul : elle allait arriver au rendez-vous d'ici peu.

Il fallait aussi lui laisser le temps d'inspecter les lieux, afin de s'assurer que seul le couple s'y trouvait. Il n'aurait donc pas besoin de la rappeler.

Cette fois, Susan Delta-Smith ne se laisserait pas surprendre et le kit serait bientôt entre leurs mains. Il allait pouvoir quitter cette maison isolée au fond des bois, un peu trop rustique à son goût...

13

Avant l'arrivée de Dawa, Nadia alla prendre une douche pour se détendre. Lucas resta perplexe et rêveur, debout devant une fenêtre qui donnait sur le canal, les yeux fixés sur un reflet dansant de lune…
Puis, pragmatique et affamé, il alla préparer une omelette car les tapas de Barcelone ne les avaient pas rassasiés et la nuit s'annonçait longue. Il avait d'abord demandé à Nadia si Téa n'aurait pas le sentiment, à son retour, qu'on lui avait pillé ses provisions sans vergogne. Et elle avait répondu que ce serait certainement le dernier des soucis de l'adolescente.

Nadia avait remplacé son bustier beige par un pull jersey corail qui moulait ses seins fermes mais pas le pantalon battle noir et les joggers montants qu'elle avait revêtus quelques heures plus tôt. Elle vint s'asseoir à côté de Lucas dans la cuisine puis l'observa avec un mélange de tendresse, d'inquiétude et d'espoir. Il le sentit et lui adressa un sourire d'amant et d'ami. Mais il réfléchissait aux implications de ce qu'elle lui avait révélé.
Machinalement, il ouvrit le réfrigérateur et y vit une boîte métallique dont il lut avec étonnement l'étiquette manuscrite : « Darjeeling récolte d'automne ».
Soudain, une vive lueur illumina entièrement le couloir d'entrée tandis qu'un bourdonnement puissant résonnait dans

tout le logement. Une seconde plus tard, ils virent, par la porte ouverte de la cuisine, au bout du couloir, une petite femme qui paraissait âgée d'une soixantaine d'années.
Elle leva un bras et fit un geste de la main. Trois bracelets d'argent tintèrent.
– Hello ! Je suis Dawa.

Dans le halo doré rémanent, Lucas la trouva belle et il eut, pendant un bref instant, le sentiment d'avoir assisté à un tour de magie. De ceux pendant lesquels des gens disparaissent et réapparaissent plus loin, et en échangeant parfois leurs positions...

Cette femme avait probablement franchi la porte d'entrée en profitant d'un moment d'inattention... Et elle se trouvait déjà à Venise lorsqu'ils lui avaient téléphoné... Car ce que venait de lui révéler Nadia restait pour lui encore virtuel.

Puis Dawa sembla chanceler légèrement. Et elle se sentit soudain ailleurs, surprise par la foudre dans un orage terrifiant, au passage d'un col en très haute montagne. Des petits éclairs surgissaient en rafales et déchiraient les ombres noirâtres qui l'entouraient. Des billes de métal la déchiquetaient en sifflant avec furie... Alors elle se crut la proie des Divinités Courroucées, rouge sombre, avec trois têtes, six mains et quatre pieds... Formes fantomatiques vêtues de flammes et buveuses de sang dont les têtes s'ornaient de crânes humains séchés et qui poussaient des cris affreux et des grognements de tonnerre. Dawa se sentit seule et abandonnée, saisie d'un froid glacial.
Shengi, Dieu de la Mort, envoyait ses sbires...
Mais au milieu de tout ce fracas, une lueur éblouissante apparut et lui dit : « Ô Fille Noble, écoute sans distraction... si tu abandonnes la peur et si tu choisis l'Amour, tu sortiras

indemne de ce chaos... ». Alors Dawa fit face à toutes ces Divinités Courroucées, à trois têtes, six mains et quatre pieds... Et elle hurla, hurla, dans sa tempête qui n'était qu'intérieure : « Vous n'avez aucune existence réelle, vous n'êtes que des épouvantails et même les oiseaux dans les Champs Célestes se rient de vous ! »...

L'hallucination cessa tout aussi soudainement qu'elle avait commencé. Dawa secoua la tête en fermant les yeux.
– Hello Dawa ! répondit Nadia qui s'était levée pour aller vers elle.
– Hello !... répéta Lucas. Euh... would you like a cup of tea ?

Il montra le contenu de la boîte ouverte. Dawa sourit. Au Tibet, le thé se présentait sous forme de briquette dont on cassait un morceau. Elle revit sa mère verser le breuvage dans une longue baratte cylindrique en bois, y ajouter du sel et du beurre de dri, la femele du yack, puis agiter longuement le long manche jusqu'à émulsion du mélange. Depuis, elle savait que les occidentaux voyaient souvent cette mixture comme une soupe...
– Non merci... Lucas, je présume ?
– Oui.
– Passons dans le salon, d'accord ? proposa Nadia.

Avant de quitter la cuisine, Lucas sépara l'omelette encore chaude en deux parts qu'il servit sur un plateau. Ces choses-là étaient bien solides et réelles... Il avait demandé à Dawa si elle désirait manger un morceau mais elle avait décliné l'offre.
Il ajouta du sel, du poivre, des cornichons, du pain, deux verres d'eau et emporta le tout dans le salon. Il tendit une assiette à Nadia puis assaisonna la sienne. Il commença à manger en examinant le contenu de la mallette : les seize sphères noires

apparemment banales.

La bouche à moitié pleine, il demanda:

– Donc ça, c'est un téléporteur ?... vous me prenez pour Oin-Oin ?...

– Pas exactement... répondit Nadia en souriant et avec un regard amusé.

Lucas se demanda si elle parlait de l'éventualité qu'il soit Oin-Oin...

– Une telle invention, ajouta-t-il, mérite qu'on lui décerne le Nobel de physique !

Il avait dit le mot « décerne » avec une intonation particulière. Si bien que Nadia capta l'allusion au LHC, l'accélérateur de particules du CERN de Genève. Mais Dawa qui ignorait tout de Oin-Oin et du LHC, précisa :

– Ce que vous voyez dans cette mallette, c'est le kit d'un flashgone... mais ici et chez moi, ils sont installés et donc je suis venue du Bhoutan en un millième de seconde.

– Un fleshgone !? On y laisse sa peau ?...

– Un flashgone, rectifia Nadia.

Elle se demanda si Lucas avait vraiment mal entendu ou s'il vannait. Mais elle renonça à poser la question et poursuivit :

– Si je t'ai dit téléporteur, c'est parce que c'est le mot le plus courant. Mais les HN°KL utilisent ce mot : flashgone... adopté dans tous les pays, excepté en Chine où ils disent Di Xia.

– Les zachènes quoi ?

– Attends ! Chaque chose en son temps... en fait, en Chine, il y en a plus qu'ailleurs puisque la répartition est proportionnelle au nombre d'habitants et à la densité de population.

– Comment est-ce possible !? Dans un pays où même le Net est contrôlé...

– Les relais... c'est ainsi que l'on nomme les détenteurs de flashgones... sont choisis d'une façon spéciale...
– C'est à dire ?
– Euh... en fait, nous l'ignorons...

Dawa, impassible, reprit :
– Quand un flashgone est installé, il y a huit sphères disposées en cercle au sol et huit autres au plafond. Lorsqu'il est activé, un champ énergétique cylindrique d'un diamètre d'environ un mètre vingt, se matérialise à cinq centimètres au-dessus et au-dessous des sphères et...
– Il ne se déploie pas en octogone ?
– Non, en cylindre.
– Ah, ça c'est étonnant !
– Les sphères des flashgones peuvent être cachés dans le sol et le plafond. Quant au diamètre, il peut aller jusqu'à deux mètres cinquante, environ. Ainsi que la hauteur, dans un endroit approprié, évidemment...
– Hmm... dans ce cas, impossible de téléporter un éléphant...
Nadia et Dawa échangèrent un regard en souriant.
Elles semblaient se demander si Lucas allait continuer en mode ironique. Il ajouta :
– OK, je vais cesser mes bœufferies...
– Effectivement, il y a une limite à ce que l'on peut déplacer, reprit Dawa.
– Incroyable... et au CERN, ils en ont un ?

Dawa eut un regard interrogateur vers Nadia qui répondit avec un léger rictus amusé :
– Pas que je sache... mais dommage pour eux...
– On aurait donc des inventeurs qui ne veulent pas qu'on leur décerne le Nobel de physique ? Des petits génies qui se planquent un max...

Lucas venait encore de dire deux mots avec une intonation particulière mais les jeunes femmes ne la remarquèrent pas.
Il redevint sérieux pour demander :
– C'est une technologie US ?
– Pas du tout... c'est l'invention d'un grand groupe dénommé HN°KL...
– Ce qui signifie ?
– Là aussi, nous n'en savons pas plus... ce sont eux qui se désignent ainsi.
– Hmm... vous êtes sûres que nous n'avons pas été transférés dans « Second Life » !?...

Dawa regarda Lucas, dans l'attente d'une précision mais ce fut Nadia qui répondit rapidement « un univers virtuel informatique ».
– Bon, admettons, reprit Lucas. Comment ça fonctionne ?
– En mode vocal, répondit Dawa. Chaque personne à qui est confié un flashgone lui attribue une phrase code qui le met en fonction. Ensuite, pour indiquer la destination, on dit simplement le prénom et le nom de la personne chez qui on veut transiter. En fait, on peut utiliser un pseudo ou un nom de lieu, ou le mot que l'on veut.
– Et il y a combien de personnes qui détiennent un flashgone chez eux ?
– Cent huit mille deux cent douze... et je sais aussi que cinq mille sept cent personnes sollicitées ont refusé...
– Elles ont eu peur ?...
– Oui.
– Je peux les comprendre... et toutes ces personnes n'ont rien d'autre en commun ?
– Non. Le groupe HN°KL a confié un flashgone à des êtres humains ordinaires pour... disons... expérimenter et tester le

réseau dans tous les pays.

– Y compris des états en guerre ou secoués par des troubles politiques majeurs ?

– Je crois, oui...

– Ça me semble vraiment insensé !... une multinationale qui distribue son nouveau produit à des particuliers sans contrat et sans contrôles apparents... j'y crois pas... ils n'ont jamais entendu parler de l'espionnage industriel ou quoi ?...

– Ce sont les HN°KL qui choisissent les relais et jusqu'à présent, ils n'ont jamais commis d'erreur. Qui plus est, tous les relais ont accepté une programmation psychique qui leur interdit certaines actions... comme de vendre leur flashgone...

Lucas resta pensif quelques secondes, le temps d'envisager les éventuelles conséquences de ces informations.

– Pourtant, il y a bien un traître dans le réseau, non ?

– Oui... répondit Nadia.

– Et vous n'avez aucune idée de son identité ?

– Aucune...

– Tu sembles hésiter...

– Non, non...

– Quoi qu'il en soit, je ne vois qu'un motif possible à cette distribution gratuite et mondiale : c'est qu'il y a un problème éventuel et que vous êtes donc des cobayes...

– Non... nous sommes quasi certaines que non.

Dawa et Nadia l'observaient et attendaient visiblement la question suivante.

– Hmm... et depuis combien de temps les flashgones sont-ils... proposés ?

– Six mois, répondit Dawa

– Et depuis tout ce temps, personne n'a jamais été repéré par le réseau Échelon ?

– Échelon ? Qu'est-ce que c'est ?
– Un réseau d'interception des communications de la NSA, à l'échelle mondiale.
– Apparemment non…
– Et donc, ni la NSA ni la CIA, ni aucun autre service de renseignements, ne vous auraient infiltrés ?…
– Pas que nous sachions…
– C'est aussi incroyable que l'existence des flashgones !

Lucas regarda Dawa puis Nadia avec insistance. Visiblement, elles étaient sincères. Mais cela signifiait peut-être qu'elles ignoraient qu'elles étaient espionnées...
Lui, naïvement peut-être, doutait que des services de renseignements aient envoyé des tueurs à gages pour éliminer des innocents et récupérer un flashgone. Il préférait croire qu'il s'agissait de mafieux.

Il revint à l'objet qu'il avait sous les yeux.
– Et ce localiseur, c'est aussi une technologie HN°KL ?
– Oui.
– Comment ça fonctionne ? Les membres du réseau ont-ils un implant GPS ?

Dawa parut fléchir un peu devant la rapidité des questions. Elle sourit et dit :
– Je boirais bien un verre d'eau, maintenant.

Face au calme de ses yeux, Lucas sentit qu'il avait les sourcils légèrement froncés et qu'il se maintenait sur le qui-vive, dans une attitude presque agressive. Il se détendit et répondit :
– Bien sûr… je reviens dans une minute !

Un instant plus tard, il tendit un verre d'eau minérale à Dawa.

– Non, il n'y a pas d'implant… lui répondit-elle. Le finder peut localiser tout détenteur d'un flashgone grâce à son ADN.
– C'est dingue ! Là, je ne m'étonne plus que ces truands soient prêts à tout pour obtenir ce kit…

Dawa le regarda plusieurs secondes et hocha la tête en signe d'assentiment. Nadia appréhendait maintenant un nouveau flot de questions.
Mais Dawa poussa un léger soupir et dit :
– Si tu veux bien, maintenant nous allons utiliser le finder pour localiser Téa.
– Oui, bien sûr ! Excusez-moi…

Dawa posa sur la table un objet qui ressemblait à une assiette métallique, totalement noire, d'environ trente centimètres de diamètre.
– Tchik, ni, soum, énonça-t-elle posément.

Lucas remarqua que huit points rouges, répartis en cercle sur la face concave, devenaient très lumineux. Mais rien d'autre ne se passa.
– Je viens simplement de dire : un, deux, trois, en tibétain, pour le mettre en fonction. Il se trouve que j'ai configuré cette machine dans ma langue maternelle…

Dawa regarda brièvement Nadia et Lucas.
– Aucun problème ! Je pense que nous n'aurons pas besoin de savoir l'utiliser, affirma Nadia
– K'aba dou Téa Uboldi ? continua Dawa.

Au-dessus des voyants lumineux une sphère apparut et ils reconnurent la Terre en rotation.
– Ce qui veut dire : où est Téa Uboldi…

La seconde suivante, un point rouge clignota sur le continent nord-américain. Le globe virtuel cessa de tourner et il y eut un zoom rapide, comme s'ils descendaient de l'espace.
Cela semblait si réel qu'ils en eurent presque un léger vertige.
Deux secondes plus tard, ils se retrouvèrent en vol stationnaire, à dix mètres au-dessus d'une maison au milieu des bois, devant laquelle un véhicule noir était garé.
Des nombres s'inscrivirent en surimpression :

70 ° 55 ' 04 '' W   48 ° 26 ' 46 '' N

Lucas s'exclama, légèrement sarcastique :
– Super ! Des coordonnées en longitude et latitude... s'il n'y a pas plus d'indications, ça ne va pas être simple de savoir où se trouve cette baraque anonyme...
– Oui... mais j'ai déjà utilisé ce localiseur. Et je vais zoomer arrière lentement. Alors nous saurons peut-être...
– C'est bizarre : ce logiciel ressemble à Google Earth mais c'en est un autre à l'évidence... à la fois plus complexe et plus simple.

Dawa donna alors des instructions, toujours dans sa langue natale.
– Monter... stop.

L'image changea, comme s'ils s'élevaient en hélicoptère. Ils estimèrent que cette maison se situait à quinze kilomètres d'une petite ville au bord d'un lac.
Dawa continua :
– Monter... stop.

Des coordonnées apparaissaient à chaque fois, qu'ils auraient pu rechercher sur le Net. Mais ils n'avaient pas de connexion. Cette fois, il y avait au sud du lac une agglomération beaucoup plus étendue.

– À cet endroit du Canada, je présume que cette ville est Montréal. Mais je ne comprends pas pourquoi il n'y a pas plus d'infos que ça, commenta Lucas.

– Je crois savoir où c'est... mais essayons de voir si Téa possède un atlas, proposa Nadia.

Après s'être réparti la tâche, ils se mirent à en chercher un dans le logement. Dawa alla dans la chambre de l'adolescente, Nadia dans les autres pièces et Lucas resta dans le salon. Ce fut Nadia qui trouva un guide du Québec dans le bureau. Ils revinrent devant le finder.

– Ah ! Je crois savoir... dit Lucas. Ici, c'est le lac Saint Jean et cette petite ville est probablement Chicoutimi.

En entendant ces noms, Nadia s'exclama :

– Elle est allée chez Mathis !

– C'est donc Mathis qui vous aurait trahi ?

– Non ! Je suis sûre que non... cette maison n'est pas la sienne, c'est une cabane à sucre...

– Une cabane à sucre ? demanda Dawa.

– Une maison où l'on se réunit pour la récolte du sucre d'érable, au printemps. Et je crois que je reconnais ce lieu : je dirais que c'est sur la route de Tadoussac.

– Donc le rendez-vous à Mestre n'est qu'un piège !... s'exclama Lucas.

– Et ils vont probablement transiter ici, chez Téa !

– Non, je crois plutôt que leurs complices de Suisse nous y attendent pour nous flinguer et récupérer le kit...

– Mais nous, nous pouvons aller chez Mathis et ensuite jusqu'à cette cabane...

– Hein ?
– Pour délivrer Téa… conclut Nadia.

14

Lucas se sentit bluffé par l'audace de Nadia et la regarda avec admiration. Mais il ne fallait pas se précipiter follement...
Pendant une minute, chacun parut attendre de l'autre une idée.
Ce fut Dawa qui prit la parole :
– Maintenant, il nous faudrait du renfort... je n'ai jamais consulté la banque de données qui répertorie tous les relais de la planète mais il y a peut-être des policiers ou des militaires suffisamment qualifiés pour nous aider à délivrer Téa.
– Mais oui ! Bonne idée... affirma Lucas.

Dawa donna de nouvelles instructions. Un disque virtuel et vertical, où figuraient des icônes qu'ils ne reconnurent pas, se forma au-dessus des petites lueurs rouges. L'une d'elle clignota puis une longue liste s'afficha. Alors Dawa spécifia qu'elle voulait des candidats parlant anglais et qui soient militaires ou policiers. Il en resta une cinquantaine, sans ordre apparent.
Elle dit à voix haute le nom et le prénom du premier : LONESON Brian. Une sphère se forma alors dans laquelle le buste en 3D de l'homme apparut ainsi que des informations.
Lucas nota son numéro de smartphone et de fixe, son adresse à Salem, Massachussets, USA, et sa qualité d'ancien marine.

Dawa annonça l'identité de la deuxième personne : NEIDJIE Amy. Lucas inscrivit les coordonnées de cette femme qui vivait

à Dubbo, Nouvelles Galles du Sud, Australie, et avait travaillé avec la police.
– Qu'en pensez-vous ? demanda Dawa.
– S'ils sont d'accord et disponibles, ce sera parfait, répondit Lucas. Essayons de les joindre et tentons notre chance…
– D'accord, approuva Nadia.
– Je vous laisse vous en occuper ? demanda Lucas.

Les deux jeunes femmes acceptèrent. Alors Lucas ramassa les assiettes et alla dans la cuisine puis aux toilettes.

Nadia allait composer le numéro de Brian Loneson lorsque Dawa posa un regard scrutateur sur elle et demanda :
– Pourquoi ne lui dis-tu pas toute la vérité ?

Elle avait insisté sur le mot « toute ».
– J'ai peur de le perdre… répondit Nadia d'une voix légèrement altérée.

Le smartphone de Nadia sonna.
– Allo ?
– Où êtes-vous ? Vous devriez être déjà arrivés au centre équestre…
– Je…
– Ne me dites pas que vous attendez encore vos bagages ! J'ai appelé l'aéroport, il n'y a pas de grève !
– Euh…
– Inutile de prévenir les flics ! La vie de votre amie est en jeu ! Vous l'avez oublié ?
– En fait, nous sommes chez elle…
– Chez elle, à Venise ? Pourquoi ?
– Euh… je suis désolé mais ça m'a semblé plus sûr…
– Vraiment ?...

111

– Euh…

– OK. Mais c'est la dernière fois que vous me baladez !

– D'accord.

– Nous allons venir avec votre amie… et vous livrerez le kit, en échange et sans embrouilles. Do you get it ?

– Yes.

Quand l'homme raccrocha, Nadia tremblait légèrement. Elle se demanda si son idée pour gagner encore un peu de temps n'était pas stupide, si elle ne venait pas de mettre Téa un peu plus en danger…

– Et s'ils viennent ici avant que nous soyons partis ?… demanda Dawa.

– Rassure-toi… j'ai tout de même ma petite idée…

***

Brian Loneson sortit du « Thirty », un bar de bikers, le sourire aux lèvres. Il venait d'obtenir le numéro d'une jolie brune piquante, Kate, amoureuse selon ses dires de la belle Harley Davidson qu'elle chevauchait, mais libre d'homme…

La jeune femme en débardeur rouge et en jean élimé, naturellement bronzée, jouait au billard, sous une enfilade de soutien-gorges accrochée au plafond.

En ce lieu clairement macho, ces sous-vêtements féminins se perdaient aux jeux et devenaient un élément de la décoration, au même titre que l'Union Jack et les photos de bécanes.

Kate avait des yeux pétillants, des fossettes au moindre sourire et des seins généreux, nus sous son débardeur. Brian s'était risqué à demander si elle avait joué de malchance et s'était entendu répondre avec détachement que non. La jeune femme ne semblait pas du genre à contempler pendant des heures le lac Quannapowitt... Ce que Brian venait de faire tout l'après-midi.

Mais à quarante cinq ans, il avait une allure très séduisante et sa nonchalance dans les mouvements, son sourire rare mais imparable, plaisaient souvent. Ancien marine, maintenant éducateur dans le quartier agité de Roxbury à Boston, il continuait d'avoir une dégaine de loubard distingué.

Sur le parking, une douzaine de motos accrochaient les rayons du soleil. Brian avait laissé la sienne chez lui et c'est donc au volant de sa Chrysler Cruiser grenat qu'il s'installa. Il regarda le tableau de bord : il allait être dix neuf heures trente.

Kate avait refusé de dîner ce soir avec lui, d'un homard grillé pourtant de deux livres, et la soirée s'annonçait calme. Mais il restait persuadé qu'il aurait sa chance un autre jour. Après avoir inséré une clé USB, une autre jeune femme se mit à chanter : Dawn Landes.

Brian démarra en douceur et prit la route bordée de chênes pour Salem dans le Massachussets. Il doublait un énorme GMC, chargé de troncs d'arbres coupés dans le Maine, lorsque son smartphone, posé sur le siège, imita Woody Woodpecker. Il avait choisi cette sonnerie depuis peu mais elle l'agaçait déjà et il décida qu'il en changerait dès le lendemain. Il attendit d'avoir terminé son dépassement et répondit.

Il écouta pendant trois minutes, sans dire le moindre mot, une jeune femme totalement inconnue mais qui venait d'emblée de mentionner les flashgones... Elle lui demandait de l'aider à délivrer une jeune adolescente kidnappée. En réalité, s'abstenir de tout commentaire lui permettait d'éviter une éventuelle erreur et de recueillir un maximum d'informations.

Vint enfin le moment de répondre et il accepta de s'impliquer sans une once d'hésitation. Il demanda le nom de famille de

Téa pour transiter chez elle et précisa qu'il arriverait une demi-heure plus tard.

Il passait devant le temple maçonnique de la ville, fait de briques rouges et de colonnes doriques, quand il se demanda si ceux qui l'avaient contacté savaient qu'il travaillait aussi, et secrètement, pour une agence gouvernementale...

Cette histoire pouvait être un piège qu'on lui tendait... Tout bien réfléchi, c'était impossible : ils avaient mentionné le nom de son contact HN°KL. Et ça, absolument personne ne pouvait le savoir en dehors du réseau.
Il doutait d'avoir bien agi dans le passé en refilant des infos à l'agence qui en avait fait Dieu sait quel usage... Il décida donc de la fermer au sujet de ce kidnapping.

Brian roulait maintenant sur Ocean Avenue qui longeait l'Atlantique et le port dans lequel un chapelet de petits voiliers à l'ancre se balançait doucement. Il fit une grimace comique en songeant que le lendemain non plus, il ne verrait pas Kate l'ensorceleuse. « À Salem, les jeunes femmes exhalent un tel musc que leurs amoureux marins les sentent à des milles de la terre... ». Du moins c'était ce qu'écrivait Herman Melville dans Moby Dick...
Sans transition, il eut soudain l'idée de téléphoner à une agence de location pour réserver deux voitures à Chicoutimi. Quelques milles plus loin, sa maison apparut, à deux étages et couleur crème, couverte de lattes de bois horizontales. Chaque fenêtre s'ouvrait en guillotine et se fermait avec des volets gris. Des rubans jaunes délavés par les pluies pendaient sur sa boîte aux lettres. Un bien de famille auquel il tenait.

Il se gara, claqua la portière et vit deux corbeaux s'envoler en croassant. Il enjamba deux des trois marches du perron et entra. Malgré la gravité de la situation, il prit le temps d'aller à la cuisine s'ouvrir une bière puis, la canette à la main, il passa dans sa chambre. Du fond d'un placard, il extirpa un vieux sac de voyage noir puis, d'un carton banal il retira deux revolvers, deux Smith et Wesson model 64, ainsi que des petites charges explosives, des jumelles à vision nocturne, des rouleaux d'adhésif large et une trousse de secours.

Il retourna dans la cuisine, prit un pack de bières de sa marque préférée et le glissa avec ses affaires. Elles resteraient fraîches encore quelques heures et il espérait pouvoir fêter la libération de la prisonnière.

Il termina lentement celle qu'il avait entamée, debout devant la fenêtre, un moment rêveur face aux feuillages agités et lumineux. Soudain, il se souvint qu'il avait omis de verrouiller sa voiture. Et il ignorait combien de temps il allait partir. Il ressortit. À son retour, il verrouilla aussi sa porte d'entrée.

Alors il alla prendre son sac resté sur le lit, déplaça un rocking-chair et s'immobilisa dans l'angle de la chambre ainsi dégagé. Comme s'il parlait à un fantôme, il énonça :
– It's raining cats and dogs, Téa Uboldi.

Contrairement à ce qu'il venait de dire, il ne pleuvait pas des cordes mais cette phrase déclencha sa disparition dans une lueur aveuglante.

***

Amy quitta la Mitchell Highway et tourna à gauche dans Macquarie Street, en limite de la ville. Elle fit une légère grimace : elle allait arriver au « Kookaboora Cafe » avec trente cinq minutes de retard, alors qu'elle avait rendez-vous à dix heures.

Mais Ted, le patron, était un ami autant qu'un type peu soucieux de l'écoulement du temps. Et si cela n'avait pas été le cas, elle ne lui aurait pas proposé d'exposer ses toiles. Sans aller jusqu'à vivre dans le Dreamtime, Amy aimait être sur la même longueur d'onde que ceux ou celles à qui elle les confiait.

Bien sûr et heureusement, d'autres que Ted aimaient ses peintures, un métissage surréaliste de style aborigène traditionnel et d'abstraction contemporaine. Mais ces amateurs, qu'elle appréciait aussi, n'avaient pas le feeling du temps du rêve...

Amy remerciait son père aborigène pour les dons qu'il lui avait légués : celui de la peinture traditionnelle et celui de retrouver des gens en fuite ou perdus, même loin dans l'outback.

Il lui suffisait de voir des signes laissés par des animaux ou de lire ses rêves nocturnes. Mais elle se servait peu de cette capacité et collaborait rarement maintenant avec la police locale. L'essentiel résidait dans sa peinture.

Par ailleurs, Amy devait à sa mère blanche de vivre à Dubbo, en Nouvelles Galles du Sud, à environ quatre cents kilomètres au nord-ouest de Sydney. Mais le désir de quitter Dubbo, une petite agglomération pourtant, émergeait cycliquement. Et lorsque ce désir deviendrait aussi stable qu'Uluru, elle n'hésiterait plus.

Toujours dans la même rue, Amy longeait à présent la Macquarie River qui s'écoulait tranquillement au milieu des champs. Certes, ici la nature se montrait proche mais, à l'aune de ses racines ancestrales, trop peu sauvage...

Son smartphone sonna. Elle tendit le bras gauche pour saisir son sac. Elle le posa sur ses cuisses fines et musclées, fourragea dedans et en retira l'appareil en continuant de regarder la route.

Une jeune femme avec un accent bizarre énonça d'entrée une longue phrase qu'Amy ne comprit pas vraiment.

Il s'agissait d'une affaire de rapt et donc Amy supposa que les autorités de Dubbo l'avaient recommandée. Elle fronça les sourcils : elle n'avait vraiment aucune envie de s'occuper de ça en ce moment.

Il s'écoula une bonne trentaine de secondes avant que le mot « flashgone » ne propulse l'australienne vers une autre compréhension.

Amy se fit répéter plusieurs informations puis se gara cinquante mètres plus loin. Elle demanda comment ils avaient obtenu son numéro et la réponse la laissa perplexe. Elle pria son interlocutrice de donner le nom de son contact HN°KL et on le lui dit. Amy en fût autant soulagée qu'agacée.

Cela lui donnait la certitude que cette Dawa appartenait au réseau mais lui laissait aussi le sentiment d'une effraction. Il était pourtant évident que Djemlal, son contact, avait recruté d'autres personnes ailleurs. Mais Amy n'appréciait pas du tout le fait d'être fichée quelque part, même par les HN°KL.

Elle proposa de trouver quelqu'un d'autre pour leur venir en aide. Dawa lui répondit qu'elle avait un des meilleurs profils et qu'un américain, ancien marine, les conseillerait. Amy se dit qu'elle n'honorerait pas la mémoire de ses ancêtres aborigènes si elle faisait passer sa peinture avant la liberté et la vie d'une adolescente.

Elle donna donc son accord et précisa qu'il lui faudrait environ une demi-heure pour se préparer. Après quoi, elle se fit indiquer le nom complet de Téa pour transiter.

Elle démarra et quand elle arriva chez Ted, elle lui annonça qu'elle reportait de plusieurs jours la préparation de son exposition car certaines toiles n'étaient pas achevées. Intérieurement, Amy lui demanda pardon pour ce mensonge mais il était indispensable. Ensuite, elle prit le chemin du retour.

Cinq milles plus loin, elle tourna dans Wentworth Street où elle habitait, une rue bordée de haies taillées en murets et de lampadaires en fonte. Trop loin des feux de camps et des buissons ardents de l'outback…

Elle déchargea les toiles qu'elle avait empilées à l'arrière de son pick-up Toyota, bien protégées sous des bâches. Dans sa salle de séjour, elle les aligna avec soin contre un mur, sous une œuvre de Keith Haring : un groupe de danseurs inscrits dans un cœur.

Elle passa dans sa chambre, alla vers son lit et glissa un bras dessous. Elle en extirpa un sac à dos qui avait déjà beaucoup voyagé. Pendant le trajet du retour, elle avait réfléchi à ce qu'elle allait emporter.
Elle retira d'un placard mural la seule arme qu'elle possédait ainsi qu'une boîte de munitions. Puis elle enleva sa veste et le pull-over qu'elle portait. Ce matin, elle en avait ressenti le besoin : le thermomètre indiquait cinq degrés Celsius.
Le ciel restait gris d'un horizon à l'autre, un ciel ordinaire pour l'hiver austral, mais dans un moment elle allait retrouver le plein été.
Elle enfila un tee-shirt noir, rouge et jaune et garda le jean noir qu'elle portait.
Puis elle fourra d'autres vêtements dans son sac et le pull aussi, ajouta une bouteille d'eau et un paquet de fruits secs. Elle remit

sa veste, pris ses affaires et alla dans un angle précis du salon. Elle prit une longue inspiration puis un fruit dans le paquet et dit :

– I like opals, Téa Uboldi.

Une explosion lumineuse la dispersa.

15

À Venise, Nadia et Dawa étaient toujours seules dans le salon. Et Dawa répéta les mots exacts de Nadia, mais sous forme de question :
– Tu as peur de le perdre ?...

Nadia hocha la tête.
– Mais peut-être vas-tu le perdre par manque de confiance... il est vrai que je ne vous connais pas mais il me semble certain que Lucas est assez intelligent et ouvert pour accepter l'entière vérité.
– Oui... mais je préfère attendre qu'il ait transité une première fois... alors, ce sera plus réel pour lui.
– Hmm...
– Et aussi... depuis quelques heures, je reçois des messages télépathiques... je n'avais jamais vécu ça.
– Je te comprends... messages qui disent quoi ?
– Contacter Aïnari...
– Aïnari ? Tu es sûre ?
– Absolument.
– C'est peut-être celui que je connais...

Elles entendirent Lucas qui venait les rejoindre et changèrent de sujet.
Elles le mirent au courant des résultats de leurs appels. Ils

attendaient donc maintenant l'arrivée imminente de Brian et Amy.

Lucas décida d'en profiter pour obtenir d'autres informations :
– Quand vous allez d'un endroit à un autre, les différences instantanées de température, d'humidité et surtout d'altitude, ne vous perturbent pas trop ?
– Pas plus que quand vous entrez et sortez d'une maison bien chauffée en plein hiver... répondit Dawa. Mais la variation d'altitude peut s'avérer plus problématique : il y a un risque de mal aigu des montagnes au-dessus de trois mille cinq cents mètres.
– Ah... et que fait-on pour résoudre ce problème ?
– Il suffit de prendre un médicament, sur prescription ou non, avant de transiter. Et de redescendre en cas de malaise.
– Avez-vous envisagé l'éventualité d'une pandémie ?
– Oui, bien sûr, mais ce ne sera pas plus dangereux que les voyages en avion...

Nadia se leva et intervint :
– Évidemment, le flashgone ne facilite pas tout. Si tu vas au Japon, par exemple, tu ne deviendras pas capable de lire leur écriture... donc, si tu n'y es jamais allé, tu seras peut-être paumé.
– Sauf si j'ai une appli de traduction sur mon smartphone...
– Oui, mais ça ne fait pas tout...
– Et il y aura combien de flashgones, en fin de compte ?
– Dix millions.
– Dix millions ?...
– Oui. Et, par la suite, ils seront tous dans un lieu public, accessibles à tout un chacun...
– À tout un chacun... mais c'est insensé !
– Tu voudrais les réserver à une élite ?...

– Pas du tout ! Mais à l'heure actuelle, il s'agit d'un réseau privé en quelque sorte... s'il devient public, je suis quasi certain que ce sera un beau merdier... surtout s'il est prévu qu'il reste gratuit.

– Il le sera.

– Eh bien, dans ce cas, ceux qui vous traquent sont peut-être envoyés par une minorité d'actionnaires cupides d'une grande compagnie aérienne... ou d'un consortium d'armateurs...

– Ce sera la fin du transport aérien, c'est certain... Mais en quoi le réseau gênerait-il le transport maritime ?

– Quatre vingt dix pour cent des marchandises transportées dans le monde, le sont par porte-conteneurs. Mais c'est vrai que pour eux, ce ne sera pas le crash économique : le volume des flashgones est trop limité...

– Ajoutons les compagnies pétrolières qui ne vont pas aimer ce manque à gagner... dit Nadia avec un sourire ironique.

Lucas éclata de rire.

– Ah !... et il y a aussi les trafiquants d'organes qui peuvent convoiter ces transferts si faciles et si rapides...

– Effectivement, reconnut Dawa.

Nadia, soudain irritée, éclata :

– Apparemment, tu ne vois que les problèmes éventuels... mais les flashgones faciliteraient le transport de produits alimentaires, partout dans le monde, à un prix qui resterait bas... et ils pourraient servir de norias pour transporter de l'eau vers l'Afrique et le Moyen Orient qui sont des zones de pénuries naturelles...

– Mais...

– Et les harragas, des enfants souvent, qui passent les frontières sous des camions pour fuir le Maghreb n'y laisseraient pas leur vie !

– OK, mais…
– Et les Sénégalais qui quittent le pays en pirogue, pour tenter de rallier les Canaries, ne se noieraient plus au milieu de l'Atlantique !… idem pour tous les autres en Méditerranée...

Nadia se tut soudain, les sourcils encore froncés. Lucas se glissa alors derrière elle et lui caressa les épaules avec douceur. Elle le laissa faire et se détendit.
Dawa semblait aussi étonnée que lui par cette soudaine et virulente intervention mais, au risque de raviver la colère de celle qu'il aimait, Lucas répondit pourtant :
– Tu as oublié l'état du monde actuel ou quoi ?... on attaque des ambassades… on crashe des avions sur des tours… les aéroports sont hyper contrôlés…

Il marqua une pause puis ajouta :
– Il me semble évident qu'un réseau public va entraîner immédiatement une série de problèmes. Ils seront soit encerclés par l'armée, soit détruits par des groupes nationalistes mécontents d'être en minorité. Et donc, dans certains pays, il y aura des coup d'états… ou alors, il y aura des cinglés prêts à flinguer tous ceux qui veulent passer…
– Tu es bien pessimiste, dit Nadia.
– Je suis seulement lucide, non ?... souvenez-vous du mur de Berlin ! Les apartheids sont d'abord dans la tête des gens… et ce ne sont pas les océans et les mers, ou les fleuves, qui créent les frontières !…
– Alors il faut renoncer ? Tu ne vois rien de positif ?
– Désolé, Nadia… désolé. Mais je n'ai pas eu le temps de réfléchir à tout ça autant que vous…
– Oui, dit Dawa. Et c'est pour cela que j'avais demandé la liste de tous les relais. Et que je vais tenter de créer un vaste groupe de réflexion.

– Excellente initiative ! Ainsi une multitude d'idées va circuler...

Dawa lui sourit en signe de remerciement et ajouta :
– Les HN°KL estiment que le réseau va accélérer le village global et...
– Le village global ? Un monde fait d'une mosaïque de « Little Italy », de « China Town » et de « Little Saigon » comme à New York et à Los Angeles ?...
– Et selon leur étude prospective très élaborée, ils prévoient un âge d'or...

Le bourdonnement profond qui annonçait une arrivée les interrompit. Lucas regarda sa montre : elle indiquait deux heures. Ils échangèrent des regards. Ils ne savaient pas avec certitude qui allait se matérialiser... Amy, Brian ou un ennemi...

Dawa termina pourtant sa phrase aussi posément qu'elle l'avait commencée :
– Après une dizaine d'années de bouleversements économiques et sociaux, c'est vrai...
Lucas fit une grimace que Nadia trouva plutôt comique puis ils passèrent tous les trois dans le couloir.

Comme si on l'avait zappé, Brian apparut, vêtu d'un tee-shirt jaune citron, coiffé d'une casquette de baseball et portant un sac. Lequel sembla lui échapper et s'affala avec un bruit métallique.

Brian scruta les trois silhouettes, au bout du corridor, en plissant les paupières. Le lieu manquait de lumière. Il ne s'attendait pas à ça... Il crut distinguer deux femmes et un homme, sans armes... Des civils visiblement mais vêtus de façon bizarre. Soudain, il entendit des hurlements à l'extérieur, dans une langue qu'il reconnaissait bien maintenant : de l'arabe... Des explosions retentirent, dehors également. Peut-être des tirs de T72... Les murs vibrèrent et des éclats lumineux traversèrent le couloir.

Alors il aperçut un cafard qui trottinait de-ci de-là, en laissant des hiéroglyphes dans la mince couche de sable sur le sol. Il continua de le voir dans la pénombre revenue et la bestiole lui parut anormale : elle était phosphorescente...

Il crut entendre des rafales de M4 et se demanda pourquoi il restait là, seul, quasi statufié. Que foutaient les autres ?... Tous déjà abattus ?... Impossible. Il entendit l'homme énoncer son prénom, comme au ralenti.
Un mince fil de sable coula du plafond, vertical et lent. Aucun souffle d'air ne venait l'éparpiller... Au sol, le long des murs dont les fresques avaient été précieuses, du sable, encore, effaçait les angles.
Ici, le désert envahissait tout. Les jours de tempête, même abrité, on en bouffait littéralement. Mais heureusement, pour se rincer la bouche, l'eau ne manquait pas.

Un jour, pour un pari, Clay avait croqué un cafard... Il avait gagné, ce con. Mais il avait été vacciné en Asie du Sud Est, lui... Ici, l'insecte semblait gros comme un rat...
Brian cligna plusieurs fois des yeux en faisant une grimace. Confusément, le marine se disait qu'il ne se trouvait pas au bon endroit... Depuis quelques secondes, depuis les déflagrations, un silence lourd annulait tout.

Soudain, de l'endroit où se trouvait le cafard une seconde plus tôt, il vit bondir un Moloch de taille humaine, avec une tête de taureau aux yeux de braise…

« Brian ! ». L'un des civils venait de lui poser une main sur l'épaule. Brian retira sa casquette et se frotta la tête. Entendre son prénom dissipa l'hallucination, un souvenir déformé de « Tempête du désert » en 1991, qui n'avait duré qu'une seconde…

Il dévisagea Lucas :
– Hello ! Euh… nice to meet you.
– Hello ! It's a pleasure, répondit Lucas. Ça va ? On va dans le salon ?…

Nadia et Dawa le saluèrent en anglais également puis Lucas précisa leurs prénoms. Ils s'assirent tous.
– Vous avez eu l'air bizarre, en arrivant… dit Lucas. Un problème ?
– Une hallucination… vous n'en avez pas, vous ?
– Nous avons oublié de lui dire ça, intervint Nadia.
– Oui. J'en ai eu une aussi, ajouta Dawa.
– Mais, du point de vue des autres, ça ne dure qu'une fraction de seconde et ça peut donc passer inaperçu, précisa Nadia. Heureusement, si l'on vient de transiter quelques heures auparavant, on n'en a pas… et d'ailleurs, tout le monde ne les subit pas…

Lucas eut un sourire pincé.
– Ah, me voici prévenu !... dit-il. Mais ça va limiter l'utilisation du réseau, non ?
– Peut-être… Brian, vous voulez boire quelque chose ?
– Non, merci. Je viens de boire une bière.

Nadia hésita une seconde puis continua :
– Excusez-moi de vous demander ça d'emblée : pensez-vous vraiment pouvoir délivrer Téa ?

Brian eut un sourire cordial, voire charmeur, mais ses yeux restèrent sérieux.
– J'ai investi plus d'une fois un bâtiment où étaient enfermés des otages. Mais bien sûr, à ce moment-là, je menais un commando entraîné...

Il les regarda l'un après l'autre posément puis continua :
– Selon les infos que vous m'avez données, vos amis sont retenus dans une maison isolée. J'en déduis que les ravisseurs sont peu nombreux. Et que nous aurons l'avantage de la surprise puisque ces gangsters ignorent l'existence du finder... et ne peuvent donc pas prévoir que nous allons les retrouver.
Nadia hocha la tête, apparemment rassurée.
– Et nous serons aidés par Amy qui a travaillé pour la police, en Australie. Elle va arriver d'une minute à l'autre...

16

Lorsqu'un éclair intense se propagea dans tout l'appartement, Lucas se leva d'un bond pour aller accueillir Amy. Et dans le couloir, il vit une jolie jeune femme métis, vêtue d'une veste et d'un tee-shirt, d'un jean en denim et de bottines noires et qui grignotait quelque chose.
En voyant le regard scrutateur de Lucas, elle eut une mimique amusée.
– Hello ! Are you Lucas ?

Elle prononça « Loucas » mais il ne commenta pas et se retint de lui dire « Bon appétit ! ». Apparemment, elle ne ressentait aucun malaise après son passage par le flashgone. Elle sembla deviner ses pensées et ajouta :
– Je vais bien…
– Ah… euh, bienvenue en Italie.
– Eh bien, que fait-on ?
– Oh, désolé ! Je rêvais… suivez-moi… les autres sont dans le salon.

Lucas fit les présentations et rapprocha un fauteuil de la table basse. Amy le remercia d'un sourire et s'assit. Brian se tourna vers elle :
– Amy, on vient de me dire que vous avez déjà aidé la police, à Dubbo ?

– Oui, j'ai le don de traque… je l'ai hérité de mon père aborigène… la traque est une activité que mes ancêtres ont pratiquée pendant des milliers d'années. Nous pouvons retrouver quelqu'un au fin fond de l'outback grâce à des traces infimes et à des signes invisibles, du moins pour les autres…
– C'est fascinant !
– Dans le cas présent, ce sera inutile… mais je peux vous aider d'une autre façon.
– Bien sûr. Merci Amy, ajouta Brian.

Il y eut alors un instant de flottement, chacun rêvant à sa façon de cet arrière-pays australien…
Puis Dawa intervint :
– Excusez-moi, mais pour ma part je souhaite m'abstenir de participer à la suite des opérations. Là-bas, je pense vous être très peu utile et je dois préparer dix petits déjeuners pour mes clients dans… deux heures.

Ils se regardèrent tous et Nadia répondit :
– D'accord, bien sûr, aucun problème… tu nous as déjà beaucoup aidés avec le finder.

Ils se levèrent, accompagnèrent Dawa jusqu'à l'aire du flashgone, échangèrent des salutations et elle partit.

***

Ils étaient encore dans le couloir lorsque la porte d'entrée, que personne n'avait verrouillée, s'ouvrit.
Nadia reconnut immédiatement Susan Delta-Smith, un revolver à la main. Elle constata, en une seconde, que la tueuse à gages se trouvait exactement dans l'aire du flashgone. Alors elle s'exclama :

– Acqua torpida non fa specchio, Santa Pola !

Un dixième de seconde plus tard Susan Delta-Smith se volatilisait, sans comprendre ce qui lui arrivait.
– Eh ben… bravo ! dit Lucas.
– Où l'as-tu envoyée ? demanda Amy.
– À Santa Pola, à vingt kilomètres d'Alicante… sur un site archéologique isolé où je travaillais. Mais les fouilles ont été interrompues il y a un mois. J'y ai installé un flashgone, secrètement… celui d'un ami… euh, seulement pour nous faciliter le trajet…

Ils éclatèrent de rire devant son air embarrassé.
– Nous, on ne t'en voudra pas ! Et ça lui fera des vacances !… affirma Lucas.

Après quelques secondes d'hésitation, ils allèrent se rasseoir et Brian reprit :
– Voici ce que je vous propose : je vais aller seul chez Mathis, m'assurer que personne n'est resté sur place en surveillance. Si les lieux sont sûrs, je reviens. Puis Amy et moi, nous y retournons. Et vous, Nadia et Lucas, vous nous rejoignez une minute plus tard…

Il fit une pause pour vérifier que tous suivaient et continua :
– Lucas et moi irons chercher les deux voitures de location que j'ai réservées. Pendant ce temps-là, Nadia et Amy vous essayez de trouver chez Mathis, une carte détaillée des environs de Chicoutimi. Pas d'objections jusque là ?

Trois têtes pivotèrent et Amy répondit pour tous :
– C'est clair.
– Amy, vous avez une arme, on dirait ?

– Oui, j'ai un fusil dans cet étui, mais il est seulement à fléchettes anesthésiantes...

– Ah... si vous préférez l'un de mes revolvers...

– Je n'ai jamais tiré sur un être humain... et je crois que ça ira.

– OK. Quand nous serons devant la maison, Amy et moi irons examiner la situation, repérer les accès, essayer d'évaluer le nombre de types. Vous, Nadia et Lucas, vous resterez en couverture à proximité, si vous vous sentez capables, l'un ou l'autre, d'utiliser un revolver...

– Si on fait feu sur nous, je n'hésiterai pas une seconde à répliquer, affirma Lucas.

Brian sortit ses deux Smith et Wesson et en tendit un au journaliste.

– Voici pour vous... vous en connaissez le maniement ?

– Oui, ça ira.

Nadia l'observa plus attentivement. À cet instant, elle se demanda si elle allait pouvoir vivre avec Aminata et cet homme qu'elle voyait sous un jour nouveau...

Elle haussa les épaules et revint aux préoccupations du moment.

– Je propose de laisser la mallette chez Téa... dit-elle.

– Oui ! Je doute que la femme que vous avez éjectée ait des comparses ici, déjà sur place. Et pendant que vous trouverez une bonne planque, je vais aller en reconnaissance chez Mathis. À tout de suite...

Brian se leva alors et alla devant la porte d'entrée, au bout du couloir. Là, il énonça la phrase code que venait de lui donner Nadia et il se volatilisa.

17

Très loin de là, au Brésil, et presque au même moment, une journée de congé se terminait pour Séverino Abelha. Il l'avait partiellement consacrée à se promener au soleil. La température avait oscillé autour de dix sept degrés, normale pour l'hiver.

Et maintenant, il faisait la vaisselle en se balançant au rythme de la musique de Manu de Carvalho. Il y avait peu de choses à laver : pour son dîner, il avait acheté une moqueca de crevettes à « L'Oitenta », un restaurant tenu par un ami.

Le téléphone, un très vieil appareil, quasiment un objet de collection, émit un grésillement d'insecte. Séverino se répéta une fois de plus qu'il fallait en acheter un autre. Un jour, la sonnerie serait hors service et il manquerait un appel…

Il regarda l'heure, un peu étonné : vingt deux heures trente. Il s'essuya les mains, baissa le son de la hi-fi et décrocha.

– Olà ! Dawa ? Quelle surprise !

Séverino écouta son amie pendant plusieurs minutes. Il avait séjourné chez elle quelques mois plus tôt et elle, tout récemment, avait passé deux semaines chez lui.

Il résidait à Varginha, une ville de cent vingt mille habitants, dans l'état du Minas Gerais, à quatre cents kilomètres au nord-ouest de Rio.

Lors de ce séjour, Dawa lui avait parlé du Tibet de son enfance et de ses parents, un pays fabuleux et médiéval, très exotique aux yeux de Séverino. Un pays maintenant annihilé, comme celui des indiens l'avait été.

Un soir, Dawa lui avait conté, à la façon de sa grand-mère, les caravanes de mulets annoncées par les cris et les sifflements des hommes, les clochettes que les bêtes portaient au cou puis les abeilles dans les champs d'orge et aussi les loups qui s'approchaient l'hiver. Elle s'était souvenue des vents de poussière qui agitaient les drapeaux de prières en automne, des chemins pierreux parcourus par des cavaliers ou des marcheurs, jamais des voitures, puis d'avoir patiné sur un lac gelé et de Gyougpa, son grand chien jaune, qui dérapait sur la glace...
Elle n'avait que cinq ans lorsque son pays fut envahi, en 1950, et elle ne se résigna à fuir que neuf années plus tard, pour échapper aux camps de travail et à la torture. Ils furent quatre vingt mille tibétains, cette année-là, à choisir l'exil pour vivre selon leur culture.

À la fin de cette soirée, Dawa avait sorti d'une poche un chapelet à cent huit grains et s'était tue quelques minutes en l'égrenant. Ensuite, en regardant par la fenêtre, elle avait dit :
– Jusqu'à aujourd'hui, même en Inde, je n'avais vu que des montagnes…
Séverino revint au présent et l'imagina dans sa maison du Bhoutan. Elle lui résumait des évènements récents et dramatiques, d'une voix toujours aussi calme et posée. Elle en vint au motif de son appel : pouvait-il contacter Aïnari puis transiter à Chicoutimi pour soigner éventuellement des amis mais aussi des truands ?
Il accepta mais rappela à Dawa qu'il était seulement infirmier

et qu'il se limiterait donc aux premiers secours. Il demanda s'il y avait un médecin dans le fichier des relais. Dawa répondit par l'affirmative mais qu'elle le connaissait bien lui, Séverino, et le sentait plus fiable.

Séverino travaillait à l'hôpital de Humanitas depuis une dizaine d'années. Dans une autre vie, lui semblait-il parfois, il avait été ouvrier du pétrole sur une plate-forme de forage en Atlantique. À quarante deux ans, il estimait sa vie actuelle plus facile et pensait avoir fait le bon choix.
Il accepta de s'impliquer dans cette affaire risquée par amitié pour Dawa mais aussi parce qu'il avait choisi son nouveau métier pour aider les autres.
Il sortit dans la nuit sur la véranda pour réfléchir cinq minutes à ce qu'il allait dire à Édite, une collègue mais aussi sa jeune et jolie maîtresse. Car, bien malgré lui, elle ignorait tout des flashgones et des HN°KL …

Il revint dans la grande pièce qui servait de salle de séjour et de cuisine puis se dirigea vers sa chaîne hi-fi, un vieux modèle dont les baffles lui arrivaient aux genoux. Il retourna celui qui côtoyait un yucca dans un angle, le débrancha et retira le panneau arrière. Un appareil cylindrique noir s'y trouvait caché.
Il le posa, vertical sur le baffle, et dit :
– Communication demandée, Aïnari.

Trente secondes plus tard, il entendit distinctement les cliquetis et sifflements joyeux d'un dauphin, comme un fond sonore, puis Aïnari s'exprima en brésilien. Séverino fut aussi bref que Dawa mais formula un souhait différent.
Aïnari savait prendre des risques. Plus que la majorité de ses collègues. Il déclara qu'il arriverait une heure plus tard, avec

un ami. Séverino le remercia vivement : leur intervention allait stopper toutes les tentatives de vols de kits et même la moindre intention de contrôle du réseau.

Il laissa le communicateur en fonction à toutes fins utiles et rappela Dawa pour l'informer de son initiative. Elle le félicita et lui dit qu'elle allait prévenir leurs quatre amis au Québec. Ainsi ils pourraient attendre la fin de leurs épreuves à Chicoutimi.

Ensuite il hésita quelques secondes sur l'opportunité de changer de vêtements. Sachant qu'il ferait nuit là-bas aussi, et dans le doute, il prit un chandail. Puis une sacoche pour des soins de première urgence. Ensuite, il saisit la télécommande, oubliée sur la chaîne hi-fi et remit le son de la télévision. Il changea de programmes plusieurs fois mais les images qui n'avaient pas cessé de jeter des lueurs agitées sur les murs, lui semblèrent dérisoires. Il retourna sur la véranda.

Quelques minutes plus tard, un bruit de crécelle incohérent retentit de nouveau dans la petite maison. Il alla répondre :
– Édite ! Je pensais à toi !
– Séverino, méu amor, tu me manques…

L'homme eut un rire ravi et répondit :
– Ah ! Ma toute belle, danser le forro à deux, c'est mieux, pas vrai ?…
– Bien vrai, et je suis à toi quand tu veux !… mais en attendant, ici, c'est plutôt rock'n roll. Je ne sais pas ce qui se passe. Il y a tout un étage qui a été interdit d'accès. On est envahi par la police et même par l'armée. Ils ont transporté eux-mêmes un corps caché sous un drap. Comme si nous n'avions jamais vu des cadavres ! On pense qu'ils ont eu un accident pendant des

manœuvres avec du matériel secret... En tout cas, ici c'est plus agité qu'au carnaval !

Séverino fut surpris par l'excitation d'Édite qu'il connaissait éruptive dans l'amour mais pleine de sang-froid au travail. Le soleil et la lune, pour tout dire... Elle reprit :
– Ils ont réquisitionné du personnel. On va peut-être te demander de venir en renfort.

Séverino fit une grimace. Effectivement l'hôpital pouvait l'appeler car il habitait à un kilomètre de son lieu de travail, à la limite de la ville, en plein champ.
Il décida qu'il ne répondrait pas. L'accueil d'Aïnari passait avant toute chose.
Mais si Édite disait aux collègues qu'elle l'avait joint chez lui ce soir, il aurait des problèmes. Pourtant, il ne pouvait pas lui demander de se taire dès maintenant : elle risquait de l'imaginer dans les bras d'une autre femme... Alors autant aller dormir avec un anaconda : ce serait l'étreinte fatale...
Séverino ne souffla pas un mot de ses intentions.

À vingt trois heures quarante, Aïnari apparut sur la véranda.
Il était bizarrement vêtu et portait une sorte de valise noire...
Et il émanait de lui la tension mais aussi la puissance d'un guépard blessé et traqué. Séverino, pourtant habitué à son apparence étrange, eut un choc... Quelque chose n'allait pas...
Pourtant aucune crainte ne transparaissait. Aïnari sembla hésiter mais en voyant son ami Brésilien, il fit un signe de la main et entra souplement. Séverino se dirigea vers lui mais, à la dernière seconde, il retint le geste de sympathie qu'il allait lui prodiguer.

L'infirmier réalisa qu'il aurait plus facilement touché un

136

lépreux pour le réconforter que l'émissaire HN°KL...
Mais, en trois mois, il n'avait vu Aïnari que trois fois.

Séverino masqua son malaise bien qu'il pensât l'HN°KL
totalement indifférent à de tels embarras. Et Aïnari de sa voix
bizarre, parla :
– Il faut contacter Mahjong. Il vit sur une île très isolée.
Utilisez votre Internet. Je vais vous dire son adresse. Nous
avons eu un crash. Je suis venu avec la rivière pour échapper
aux chiens... et j'ai été obligé de prendre ces vêtements sur un
fil. Mon ami est mort maintenant...

Séverino hocha la tête en signe d'acquiescement. Voilà qui
expliquait le branle-bas de combat à l'hôpital. Il alla s'asseoir
devant son ordinateur et l'alluma.
Lorsqu'il fut prêt à écrire un courriel, il regarda Aïnari dans les
yeux, ça il pouvait le faire, et attendit.

Aïnari parla, d'abord en brésilien, ensuite en français et, pour
Séverino, il dut épeler presque chaque mot :
– Je vais vous dire d'abord sept mots. Il s'agit d'un code...
seulement connu de Mahjong et moi... et qui assure mon
identification. Êtes-vous prêt ?
– Oui...
– Mon Ami Honorable J'Ouvre Notre Galaxie.
– Ah, désolé, là ça va trop vite !
– M,A,H,J,O,N,G...

Aïnari répéta tous les mots et les épela. Puis il continua plus
lentement :
– Je vais devoir transiter chez toi. Dans quelques heures. Pour
rentrer chez moi. Alors merci de préparer le Maoro.

137

Malgré les phrases délibérément brèves, Séverino mit deux bonnes minutes à écrire le texte. Enfin il envoya le message, éteignit la machine et demanda :
– On va à Chicoutimi, maintenant ?
– Oui.

Séverino prit sa sacoche et alla se placer sur un tapis rond dans un angle de la pièce. Il fit un sourire à Aïnari et pointa l'index vers le sol. L'HN°KL le rejoignit dans le cercle et Séverino regarda sa montre encore une fois. Elle affichait minuit dix.

Dans la seconde suivante, la luminosité fut telle qu'un oiseau dans un arbre proche s'éveilla.

18

Un moment plus tôt, chez Mathis à Chicoutimi, Brian se matérialisait dans l'angle d'un living-room. Il savait qu'il ne subirait aucune hallucination car il venait de transiter quelques minutes plus tôt, chez Téa. Et donc qu'il serait immédiatement sur le qui-vive…

Au premier coup d'œil, il ne vit personne. Il attendit une bonne minute en comptant mentalement, les yeux braqués sur la porte, partiellement caché derrière l'un des fauteuils rouges en velours, son revolver pointé devant lui. Il semblait aussi immobile que le héron sculpté, gris et doré, grandeur nature, posé à côté de lui.

Puis il se redressa et, par chaque fenêtre, il examina les abords immédiats. Il nota la présence d'une Pontiac, d'un vert Granny Smith, garée devant la grille du jardin, qui pouvait être celle de Mathis. Dès son retour, il demanderait à Nadia si elle connaissait la marque et la couleur de la voiture de son ami.

Ensuite, il visita chaque pièce de la maison. Le seul lieu où il nota une anomalie fut le vestibule : un cheval brun sellé de vert avait été fracassé. Mais ce bibelot excepté, Brian constata que la maison n'avait pas été bouleversée et qu'un ordre minutieux ainsi qu'une propreté impeccable y régnaient.

Soit les malfrats n'avaient pas fouillé les lieux, soit le propriétaire de la maison, Mathis donc, était leur complice…

Brian revint dans le living-room et remarqua un jeu de dames chinoises, fait de billes minérales parfaitement ordonnées sur la table basse. Il aimait bien ce jeu et eut une pensée pour Kate mais il douta que la jeune femme jouerait à ce jeu-là.

En souriant, il retourna dans l'angle où il était arrivé et énonça à voix haute :

– J'aime pas les maringouins, Téa Uboldi.

Il avait l'air de donner son avis sur les moustiques locaux mais il énonçait seulement le code que lui avait donné Nadia et qui lui permit de revenir à Venise cinq minutes après son départ.

Dans le couloir, les trois amis l'attendaient. Amy accroupie dos au mur, Lucas et Nadia debout. Nadia s'étirait, les bras tendus vers le plafond.

– La voie est libre, affirma Brian en restant dans l'aire fonctionnelle du flashgone. Nadia, connaissez-vous la marque et la couleur de la voiture de Mathis ?

– Une Pontiac verte.

– OK. Merci. Alors tout va bien. Amy, let's go ?

Sans dire un mot, la jeune australienne se leva nonchalamment et rejoignit Brian. En se serrant près du marine pour rester dans le cercle tracé au sol, elle eut un sourire mutin que Brian ne parut pas remarquer. Dès les premiers mots de la formule, énoncée par Brian, Nadia et Lucas fermèrent les yeux.

Il y eut un flash intense. « On pourrait se croire à un photocall... » pensa Lucas. « Nadia a la classe et la beauté requise... mais nous ne sommes que dans un couloir, pas sur des marches à Cannes... ». Il eut un sourire amusé que Nadia ne vit pas. Puis ils ouvrirent les yeux, se regardèrent et allèrent jusqu'au flashgone. Ce fut elle qui énonça le sésame pour entrer chez Mathis.

***

Ils avaient quitté Venise à deux heures cinquante du matin. Ici, il était vingt heures cinquante, le jour précédent.

La première chose que vit Lucas, en se matérialisant chez Mathis, fut une procession de fourmis sur un champ de neige... Puis sa vision s'adapta et il comprit qu'il s'agissait de lettres, et de phrases, sur une grande affiche : une colline enneigée, parsemée d'aiguilles de pins, sous un ciel gris clair. Sur cette photographie, très agrandie, l'artiste avait ajouté un poème en caractères italiques.

L'observation intense de Lucas n'avait duré qu'une seconde. À sa gauche, Nadia fit un pas et quitta l'aire du flashgone.

– Mais... commença-t-elle.

Et aussitôt, elle alla à la fenêtre la plus proche.

– Quoi ? demanda Lucas.

– Où sont Amy et Brian ?

Lucas nota alors leur absence.

– Probablement dans une autre pièce. Allons voir...

– On reste ensemble !

– Évidemment. Suis-moi.

Nadia huma l'air, par brèves inhalations.

– Tu sens cette odeur ?

– Piquante un peu, oui...

Ils examinèrent toutes les pièces mais ne trouvèrent pas leurs amis. Ils sortirent dans le jardin et virent alors un héron gris et doré s'envoler.

– C'est toi qui a téléphoné à Amy et Brian, non ?

141

– Oui… tu veux que j'essaie de les contacter ?
– Peut-être ont-ils été enlevés, eux aussi…

Malgré le danger éventuel, ils passèrent dans la rue déserte. Le portillon métallique grinça. Le bruit sembla démesuré.
– Je n'ai pas de réseau, dit Nadia. Mais nous avons changé de continent, alors…
– Effectivement. J'avais oublié ça…
– Tu ne remarques rien ?
– Quoi ?
– Ce silence…
– C'est un quartier calme.
– Trop non ?
– Oui… ni chant d'oiseau ni rumeur urbaine… ni voiture…
– Regarde-ça !

Nadia désignait une procession de fourmis qui traversait la rue, à un mètre devant eux.
– On est en été… dans un quartier avec des jardins…
– Je trouve ça bizarre.
– Ah… alors rentrons chez Mathis. Dehors nous sommes trop exposés, fourmis ou pas…

En franchissant la porte, ils virent Brian au milieu du living-room, son arme braquée sur eux. Il semblait si menaçant qu'ils se retournèrent dans un même mouvement. Mais derrière eux, il n'y avait personne.
– Où est Amy ? demanda Lucas.
– Restez ici !... hurla le marine.

Ils en restèrent muets de surprise. Brian venait-il de changer de camp ? Avait-il décidé de s'approprier la mallette ?
– Non. Allez dans la chambre. Passez devant !

Ils s'exécutèrent. Le marine les suivait.
– Allongez-vous sur le lit !

Ils allaient obtempérer, toujours aussi étonnés par ce revirement, quand Brian ajouta :
– Non, restez debout !
– Faudrait savoir... ironisa Lucas.
– Il y a des fourmis. Vous ne voyez pas ?

Effectivement, Nadia et Lucas ne les avaient pas remarquées tant ils restaient subjugués par le ton du marine.
– Que s'est-il passé ici ? demanda Nadia. Le flashgone est-il resté ouvert sur un autre lieu ?

Brian ne répondait pas.
– Ça ne peut pas se produire pourtant... si ?

Le marine sortit subitement de la pièce, sans ajouter un mot. Et sans même fermer la porte de la chambre. Ils en furent aussi stupéfaits que de ses précédents agissements. Pendant une longue minute, ils restèrent immobiles, en s'interrogeant mutuellement du regard. Brian allait probablement revenir d'une seconde à l'autre...
– Je vais voir où il est passé, dit Lucas.
– Sois prudent !
– Puisqu'il ne nous a pas déjà flingué...

Une autre longue minute plus tard, Lucas revint. Quand Nadia vit ce qui le suivait, elle hurla. Lucas se retourna. Tous deux virent un homme qui ressemblait au marine...
Mais qui avait une tête noire, une tête de fourmi géante. L'irréalité d'une telle vision les fit réagir et une fraction de

seconde plus tard, la créature s'était volatilisée.

Nadia poussa un soupir de soulagement. Lucas la prit par l'épaule puis lui frotta le dos, doucement.
– Sacré Brian… murmura-t-il.
– C'est dingue ! C'est bien la première fois que j'ai une hallucination aussi réaliste... et partagée !
– Tu l'as trouvée réaliste, sa tête ?...

Lucas étendit ses bras de chaque côté de sa tête pour mimer des antennes. Nadia eut un rire léger.
– Qu'est-ce que vous dites ? demanda un Brian qui ne semblait même pas étonné.
– Nous vous raconterons notre hallu, plus tard…
– Ah… OK.

Brian devant une fenêtre scrutait les abords de la maison pendant qu'Amy cherchait déjà une carte ou un guide de la région. Les gestes de la jeune australienne révélaient son intention de prendre soin des affaires de Mathis et sa recherche allait lentement.
Elle ne trouva rien mais Brian suggéra qu'ils pourraient obtenir les informations nécessaires à l'agence de location. Ils se retournèrent vers Nadia et Lucas qui restaient encore immobiles dans l'aire du flashgone.
Puis ils se rejoignirent au centre de la pièce.
– Nadia, vous voulez bien prendre le revolver que j'ai confié à Lucas ? demanda-t-il. En notre absence, il y a plus de risques ici pour vous que pour Lucas et moi dehors… en cas de problème, vous pourrez au moins tenir un agresseur en respect, non ?
– Euh… oui… d'accord.

Lucas se ressaisit. Il avait l'arme à la main et il la donna en la tenant par le canon.
– J'espère que ce sera inutile…
– Merci.

Brian continua :
– Lucas, ne traînons pas... le type de l'agence a accepté de rester jusqu'à vingt et une heure, dernière limite. C'est à deux pas d'ici mais nous devons y allez à pied. Je pense que nous serons de retour dans trente minutes maximum. Amy ?...

La jeune femme le regarda avec acuité et devina sa demande.
– Oui Brian, je verrouille derrière toi.

Les deux hommes sortirent. Amy fit ce qu'elle avait dit et se tourna vers Nadia.
– Il faudrait mettre la main sur les clés de la Pontiac.
– Dans laquelle il serait logique de trouver une carte routière, bien sûr…
– Oui, mais Mathis les avait peut-être sur lui…
– Évidemment. Ceci dit, il peut y avoir des doubles ici.
– Alors, je te propose d'attendre le retour de Brian et Lucas avant d'aller fouiller sa voiture, conclut Amy.

Les jeunes femmes se répartirent les pièces à examiner et allèrent en priorité dans le bureau et la chambre. Un moment plus tard, elles se rejoignirent dans le living-room et entendirent une portière claquer puis, deux secondes plus tard, une autre. Elles allèrent à une fenêtre.
Brian fit un geste de la main en s'asseyant sur le capot d'une Chevrolet Aveo noire. Lucas sortit d'une Ford Fusion rouge. Il revint dans la maison et se chargea du sac de Brian puis tous se retrouvèrent une minute plus tard dans la rue.

Amy se tourna vers Brian :

– Nous avons trouvé les clés de la Pontiac mais nous les avons laissées... il y avait un plan de la ville et une carte dans le bureau.

– Très bien. Donc Amy et moi, nous passons devant. Arrivés à hauteur de la maisonnette, nous la dépasserons d'un quart de mille sans ralentir et nous y reviendrons à pied. Toujours en binômes. Des questions ?

Avec un bel ensemble, trois têtes pivotèrent en signe de dénégation.

– OK, let's go, décréta Brian d'un ton de commandement pondéré.

Ils obtempérèrent, entraînés par son autorité naturelle. Au moment où ils allaient monter en voiture, le smartphone de Nadia sonna.

Dawa la rappelait pour leur annoncer l'arrivée de Séverino et, plus inattendue, plus délicate, celle d'Aïnari. Nadia fit une grimace qui révélait une légère appréhension mais elle se souvint, avant de raccrocher, d'indiquer la cache des clés de la Pontiac. Après quoi, elle transmit la nouvelle aux autres.

– Parfait !... s'exclama Brian. Voilà qui va simplifier considérablement la suite des opérations. Nous pourrons nous débarrasser de ces gangsters sans risques supplémentaires...

Et il monta en voiture sans plus d'explications. Lucas regarda Nadia en haussant les sourcils d'un air interrogateur mais elle contourna la Ford pour aller s'installer au volant sans répondre. Il s'assit à côté d'elle avec une grimace d'agacement, décidé à l'interroger en route.

19

Ils quittèrent Chicoutimi par le boulevard Sainte-Geneviève, passèrent sur le pont Dubuc au-dessus de la rivière Saguenay qui donne son nom au fjord en aval, puis prirent la route 172 en direction de Tadoussac.

Pendant que Nadia conduisait, Lucas voyait défiler les arbres ainsi que les souvenirs étranges de leur récente hallucination.
– Ça va ?... demanda posément Nadia.
– Oui...
– Assez pour devenir un relais un jour ?...
– Pourquoi pas...
– Hmm... mais après avoir vu Aïnari, tu changeras peut-être d'avis...
– Pourquoi ? C'est un tueur qui va éliminer les truands ?
– Mais non ! Écoute, je crois que le mieux est d'attendre encore un peu. Et selon ce que tu auras ressenti, tu décideras...
– OK.

Lucas observa tranquillement le joli profil de Nadia, en s'attardant sur les lignes pures de ses lèvres. Elle le sentit mais ne dit rien.
Elle craignait le pire pour Téa, et pour Mathis aussi, qu'elle persistait à croire prisonnier malgré les doutes de Lucas. En cet instant, elle ne savait pas vraiment que lui dire. Et puisque la

venue d'Aïnari était imminente, il lui semblait plus simple d'attendre sans tenter d'expliquer.

Vingt minutes plus tard, la Chevrolet dépassa une maisonnette isolée, ralentit puis tourna dans un chemin forestier. Nadia se gara derrière.

Brian retira de son sac des talkies-walkies et les fit tester, après avoir précisé que les communications passeraient peut-être mieux qu'avec les smartphones, sans parler de ceux sans abonnement valide ici. Il en mit un dans les mains de Nadia, après avoir constaté qu'elle avait rendu le revolver à Lucas et leur dit :
– Quand vous serez à trente pas de leur véhicule, devant la maisonnette, planquez-vous pour nous couvrir. Moi, je vais faire le tour, repérer les ouvertures et le nombre de types à l'intérieur. Vous saurez que nous donnons l'assaut quand vous entendrez les petites explosions qui feront sauter la porte. Ce ne sera peut-être pas verrouillé mais nous n'avons pas de temps à perdre. Good luck !

Brian et Amy partirent en tête, main dans la main. Brian avait justifié ce geste : s'il y avait une sentinelle, elle les prendrait éventuellement pour des randonneurs tardifs. Cette fois-ci, ce fut lui qui eut un sourire narquois à l'adresse d'Amy et elle un haussement de sourcils. Cette apparente décontraction, ce jeu sans conséquence, eut pour effet de rassurer Nadia et Lucas et tel était peut-être son objectif.
Ils avaient pour consigne d'attendre une minute, montre en main, puis de suivre Brian et Amy. Et, au cas où ils croiseraient quelqu'un, de se jeter à terre immédiatement avant de faire des sommations.
« Si ce sont de simples promeneurs, ils en seront quittes pour

148

une belle frousse. Mais si ce sont les gangsters, c'est que nous aurons eu des emmerdes... » avait commenté Brian.

Heureusement, aucun être vivant ne se manifesta, aucune voiture ne passa. À cette heure, les gens mangeaient probablement devant la télévision. À Saint-Fulgence, à Tadoussac ou à Arzier, petite village suisse où Lucas avait passé son enfance, voire dans une yurt au milieu de la steppe mongole, les habitudes se mondialisaient.

Lucas fut tiré de ses réflexions par la main de Nadia qui venait de prendre la sienne.

– Cachons-nous là, dit-elle.

Même en ces circonstances, Lucas ressentit un plaisir intense au toucher de cette paume. La sensation resta sans mélange pendant une trentaine de secondes puis fut effacée par deux petites déflagrations.

La porte d'entrée de la maisonnette ainsi qu'une fenêtre venaient de voler en éclats simultanément. La deuxième explosion, une seconde plus tard, avait déchiqueté la porte de derrière.

Brian était adossé au mur de devant. Il eut un geste rituel chez lui : il caressa, entre le pouce et l'index, la petite étoile de David qu'il portait en pendentif. Puis il se redressa l'arme au poing et menaça deux types à travers la fenêtre.

L'un d'eux avait dégainé immédiatement et tirait au jugé vers la porte. Il se tourna vers Brian mais celui-ci fit feu et blessa l'homme qui alla s'effondrer dos au mur. L'autre truand, trop loin de son arme restée sur la table, leva les mains. Brian lui fit signe de s'écarter et d'aller à côté de son comparse, dans l'angle le plus éloigné de la pièce.

Deux minutes plus tôt, il avait posé sous l'ouverture trois caisses solides, trouvées le long d'un mur, pour se faciliter la montée. Il allait pouvoir entrer sans perdre ce type de vue mais il allait rester aussi en position défavorable pendant quelques secondes. Tout dépendrait de la hargne et du professionnalisme du gars resté debout…

« Don't move ! » lui dit Brian d'une voix dure. Et il enjamba le rebord de la fenêtre en le gardant dans sa ligne de mire.

Une minute plus tôt, Amy regrettait que les explosions n'aient pas été synchrones. Car de ce côté, l'homme allait avoir une seconde d'avance sur elle, et il y aurait une chance sur deux pour qu'il devinât de quel côté elle allait surgir. En tenant son fusil dans la main droite, elle avait enroulé un foulard, sans trop serrer, autour de son avant-bras pour maintenir la crosse dans son alignement. Avoir un revolver eut été bien évidemment beaucoup plus simple. Elle s'était accroupie à gauche de la porte, face au mur auquel elle s'était appuyée de la main gauche.

Lorsque la porte fut déchiquetée, elle posa son genoux droit à terre, faufila son bras droit tendu dans l'ouverture, le doigt sur la détente, passa sa tête, chercha sa cible une fraction de seconde puis visa et tira.

Le type en costard reçut la fléchette dans le cou, hurla, se crispa et lâcha une rafale vers le plafond avant de glisser au sol. Elle défit le foulard et attendit trente longues secondes avant d'entrer. En retirant la fléchette, elle remarqua l'élégance de l'homme et sa cravate. Elle lui prit le pouls et fut soulagée de constater qu'il allait bien. Elle rechargea son fusil et entendit Brian l'appeler :

– Amy ? Tout va bien ?

– Oui…

Elle le rejoignit.

– Je peux ? demanda-t-il, en tendant sa main gauche vers le fusil.

Sans dire un mot, mais avec un regard interrogateur, elle le lui donna. Il le saisit habilement et le pointa vers le truand resté debout au fond de la pièce puis il tira.
– Eh !... s'exclama Amy.
– Deux endormis valent mieux qu'un, non ?...
– Ouais...
– Allons voir comment va le blessé !

Amy se demanda pendant une seconde s'il se souciait réellement de cet homme, inconscient également, ou s'il cherchait seulement à détourner son attention. Ils s'approchèrent des hommes tombés à terre et s'agenouillèrent. Elle le vit procéder à un examen minutieux et révisa son opinion sur le marine. Brian conclut :
– Rien de vraiment grave.
– Non, en effet, confirma Amy.
– Et puisque cet infirmier annoncé par Nadia va venir, il va pouvoir soigner ce gars... mieux que moi.
– OK, mais on ne peut pas le laisser des heures comme ça. Il faudra le transporter à l'hôpital, non ?
– Bien évidemment. Mais dans une ou deux heures, cette affaire sera terminée et c'est ce que nous ferons.
– Parfait.

Brian alla chercher son sac et en retira une trousse de secours ainsi que des rouleaux d'adhésif. Il appliqua une compresse sur la blessure et déroula une longue bande pour la maintenir. Ensuite, il utilisa l'adhésif pour immobiliser le blessé, en lui liant les mains et les chevilles.
Amy en fit autant avec l'autre malfrat, en serrant un peu plus et

en ne lésinant pas sur la longueur de bande.
– Bien, dit Brian. Il faut ligoter le type que vous avez neutralisé. Je vais aller voir ce que font nos deux amis.

***

Partiellement cachés par deux troncs d'arbres très proches, Nadia et Lucas avaient quelque peu relâché leur surveillance. Lucas avait dirigé le canon de son Smith et Wesson vers le sol et laissé le cran de sûreté. Ils avaient vu Brian disparaître à l'intérieur de la maisonnette et entendu la série de coups de feu. Des oiseaux effarouchés s'étaient envolés brusquement puis un silence profond avait envahi la forêt.

Soudain, derrière eux, une voix dure et grasseyante, donna un ordre :
– Ne bougez pas d'un millimètre.

Nadia et Lucas sursautèrent pourtant.
– Posez vos armes et levez vos mains lentement…

Lucas hésita et se demanda s'il ne devait pas tenter de faire volte-face et tirer, avant d'être désarmé. Mais risquer sa vie était une chose, mettre en danger celle de Nadia en était une autre. Qu'il refusait…
– Sans vous retourner !

Nadia jeta un coup d'œil vers Lucas et le vit se crisper légèrement. Elle lui souffla : « Non ! ». Le type entendit et commenta avec mépris :
– C'est ça, obéis à ta gonzesse !

Nadia venait d'avoir une idée et allait tenter quelque chose

pour désarmer le malfrat.
– OK. Maintenant, vous allez vous déplacer ensemble de deux mètres vers votre droite.

Ils obéirent. L'homme alla ramasser le revolver laissé par Lucas, puis se rapprocha d'eux avec cette deuxième arme au poing. Nadia devina qu'il était maintenant presque à sa portée et décida de se jeter à ses pieds. Il fallait espérer que l'homme, dans une crispation réflexe, n'appuierait pas sur la détente…
– Je vois que j'ai bien fait d'aller pisser dehors, hein !

Ni Nadia ni Lucas ne voyaient la nécessité de répondre à cette remarque. Lucas espérait que Brian et Amy allaient intervenir, Nadia que sa tentative allait réussir. Apparemment mécontent de ne recevoir aucune réponse, le truand continua :
– Eh, connards ! Combien sont-ils à l'intérieur ?
– Tang, sedd !

En disant ces deux mots, Nadia se jeta aux pieds de l'homme qui haussa les sourcils, décontenancé par cette apparente soumission, puis s'évanouit la bouche encore ouverte.
Lucas tenta d'aller vers Nadia mais elle bondit de nouveau. En s'écartant ainsi de lui, elle s'exclama cette fois « Sedd, tang ! ».

20

Lucas la regarda encore éberlué.
– Nadia ! Tout va bien ?
– Oui ! Rassure-toi, tout va bien. Il n'est qu'inconscient.
– Je vois… mais qu'est-ce qui…

Un appel de Brian l'interrompit. Le marine les rejoignit en quelques enjambées et constata :
– Ah ! Je vois. Il y avait un quatrième larron… et vous l'avez mis hors de combat avec le bouclier… bravo !

Lucas les regarda, interloqué, et se demanda si Brian plaisantait. Mais le marine, sérieux et concentré, ajouta :
– Portons ce type à l'intérieur.

Lucas l'aida et ils allongèrent l'homme à côté des autres puis le ligotèrent. Une minute plus tard, Nadia posa une main sur l'épaule de Lucas et l'attira dans un autre angle de la pièce.
– J'ai oublié de te dire que je possède un autre cadeau des HN°KL : un bouclier invisible. Il émane de l'un de mes bracelets et se déploie en cercle autour de moi. C'est un champ d'énergie qui ne stoppe pas les balles mais rend inconscient tout être vivant qui le traverse.
– Oh !... c'est pour ça que tu m'as évité ?
– Oui. Et pour l'activer ou le désactiver, j'ai choisi deux mots

en wolof. Ceux que je viens de dire et qui signifient simplement : chaud, froid.

– Je présume que c'est comme ça que la femme à la seringue a été neutralisée ?

– Oui. L'ennui, c'est que ça me provoque aussi, parfois, une hallucination...

– Mais maintenant, ça va ?

– Oui.

Lucas hocha la tête et sourit. Elle lui rendit son sourire et appuya doucement la paume de sa main droite sur le haut de sa poitrine.

– Maintenant, j'ai confiance... tu es un homme assez ouvert pour accepter la vérité.

Ils se regardèrent un long moment et eurent le désir de s'embrasser mais s'abstinrent sans se concerter. Lucas caressa d'un doigt la joue de Nadia qui alla rejoindre Amy.

L'australienne examinait prudemment le reste de la maisonnette. Outre la porte d'entrée, il y avait quatre portes dont trois donnaient sur des pièces inconnues qu'elle vérifia. L'une permettait d'accéder aux toilettes, l'autre à un débarras, la dernière s'avéra fermée à clé. Amy décida de fouiller d'abord l'homme à la cravate jaune clair à pois gris. Elle trouva rapidement un trousseau dont une seule clé lui sembla adéquate. Et elle sut que son choix était le bon quand la porte s'ouvrit.

Elle vit immédiatement deux lits, un grand et un petit, et trois corps allongés, ligotés et bâillonnés. Elle se précipita en criant :

– Venez ! Ils sont ici !

Ils la rejoignirent et virent avec soulagement que leurs amis étaient en vie. Nadia et Lucas allèrent vers Téa, la libérèrent de son bâillon et la détachèrent. Les jeunes femmes s'embrassèrent, Lucas prit une main de l'adolescente dans les deux siennes. Amy libéra Mathis qui tint à faire une bise à l'australienne et qu'elle reçut avec un sourire. Brian le gratifia d'une légère tape sur l'épaule puis alla vers le jeune homme, le dernier encore attaché.

– Non ! Pas lui ! hurla Téa.

– Pas lui ? demanda Brian.

– Pourquoi pas ? ajouta Mathis.

– C'est Harvey qui nous a balancés !

– Tu en es sûre ? insista Mathis.

Car il n'avait été capturé que depuis peu.

– Sûre et certaine.

– Alors pourquoi est-il ici, avec vous ?

– Pendant le trajet jusqu'ici, quand nous étions à l'arrière de leur van, le type en costard, le chef je présume, lui a dit qu'il n'y aurait pas de témoins… et qu'il devenait un prisonnier comme nous. Harvey a transité chez moi pour me ramener ici où les truands m'attendaient.

Mathis fit une grimace.

– Eh oui, j'ai commis une erreur, dit-il. J'ai proposé à Harvey de devenir un relais… et je lui en ai trop dit…

– Tu ne pouvais pas prévoir… coupa Téa avec douceur.

– Il savait que c'est très dangereux et très complexe de démonter un flashgone installé… et aussi qu'un kit venait de nous être confié. Mais il ignorait qui l'avait reçu… je suis vraiment désolé de vous avoir mis en danger.

– Ce n'est pas toi, c'est lui qui nous a mis en danger, dit Téa en se frottant les poignets.

Brian hocha la tête :
– OK. Si je comprends bien, depuis que vous êtes ici, ils vous ont attachés et réduits au silence… Je lui laisse ses liens mais je vais lui retirer son bâillon. Il aura peut-être des choses à nous dire.

Il dénoua le foulard auquel on avait fait un nœud que l'on avait placé dans la bouche du prisonnier. Harvey n'émit pas un son mais fit des mouvements des lèvres pour se détendre.
– Qui m'aide à le porter dans le fauteuil de la salle à manger ?
– Moi, répondirent simultanément Lucas et Mathis.

Ils l'installèrent aussi confortablement que possible. Ensuite, ils transportèrent les truands inconscients et firent plusieurs allers-retours entre la salle à manger et la chambre. Le blessé fut déposé sur le petit lit et les trois autres serrés sur le grand.

Mathis conservait un air un peu hagard et Brian l'interpella :
– Mathis, voulez-vous venir avec moi ?... pour ramener les deux voitures que nous avons garées non loin d'ici…
– Oui, d'accord.
Il jeta un coup d'œil à Harvey.
– Amy, voulez-vous surveiller ce jeune homme ? Ça m'étonnerait qu'il tente quelque chose. Mais on ne sait jamais…

Amy hocha la tête tandis que Nadia et Téa allaient vers le coin cuisine à la recherche de café ou de thé. Quelques minutes plus tard, la Chevrolet et la Ford se rangèrent à côté du van probablement volé par les gangsters.
Ils se retrouvèrent tous autour de la table : Amy, Téa, Lucas sur un banc. Brian, Nadia et Mathis en face d'eux mais sur trois chaises en bouleau massif. Du café filtre fumait doucement.

Brian sortit les bières qu'il avait apportées :
– Désolé, je n'en ai que quatre. Mais je pense qu'elles sont encore assez fraîches…

Seule Amy en prit une, tandis que Mathis demandait sur un ton bourru si Harvey voulait une boisson chaude. Le jeune homme secoua la tête en signe de dénégation.
– Mais j'y pense… j'ai oublié de vous le demander : ces salauds ont-ils saccagé ma maison ? demanda Mathis.
– Non. S'ils ont fouillé, cela ne se voit pas, dit Nadia en se tournant vers lui.

Mathis soupira, visiblement soulagé. Alors Téa se tourna vers Harvey et le regarda avec une colère contrôlée.
– Harvey, pourquoi nous as-tu balancés ?

Le jeune homme ne la regarda pas. Il conserva une mine d'adolescent renfrogné. Téa se demanda comment l'amadouer. Elle se dit qu'il répondrait probablement plus facilement par oui ou par non. Elle insista :
– Je présume que c'est pour un paquet de dollars que tu nous as vendus ?

Harvey hocha légèrement la tête.
– Et je suppose que ce n'était pas pour aider Mathis ?

Cette fois, Téa avait glissé trop d'ironie dans le ton de sa phrase et elle n'obtint qu'un froncement de sourcils. Mais elle vit des larmes poindre dans les yeux du jeune homme.

L'adolescente eut une intuition : Harvey les avait trahis par dépit amoureux. Il s'était senti rejeté par Téa quelques semaines plus tôt et elle n'avait pas mesuré l'intensité de sa frustration.

– Tu as cru que nous serions tous relâchés et que personne ne devinerait qui nous avait vendus. Et tu t'es imaginé pouvoir me séduire ensuite par des cadeaux magnifiques ?...

Harvey rougit de façon visible. Ils échangèrent tous des regards entendus mais personne ne commenta cet aveu involontaire. Téa continua :

– Je suis désolée si je t'ai blessé... mais aucun cadeau, si mirifique soit-il, ne pourrait me rendre amoureuse d'un homme...

Harvey contempla Téa, en sachant qu'il ne la reverrait plus, avec l'expression d'un homme qui perd un bien précieux, puis il ferma les yeux comme s'il voulait dormir.

– Il nous a trahis une fois, dit Mathis... alors qui nous dit qu'il ne va pas nous livrer une deuxième fois ?

– Le problème sera résolu dans quelques minutes, affirma Nadia. Un HN°KL, nommé Aïnari, va arriver...

Harvey rouvrit les yeux. Un mélange de crainte et de colère s'y était répandu. Nadia précisa :

– Et Dawa m'a dit quelque chose que j'ignorais : certains HN°KL ont le pouvoir d'effacer une partie de la mémoire d'un être humain... donc, Harvey, tout autant que ces quatre gangsters, va oublier tout ce qui concerne cette affaire.

– Câlice !... cria le jeune homme.

Tous regardèrent Harvey avec plus ou moins de commisération...

– Euh... ça, je le savais... dit Brian. Mais j'ai oublié de vous le dire. Désolé...

– C'est sans importance maintenant... affirma Nadia.

– Et d'ailleurs, Aïnari va leur implanter un genre de virus

psychique qui effacera aussi les souvenirs de leurs complices.

– Comment ça ? demanda Lucas.

– Eh bien, dès que l'un des complices ou même l'un des commanditaires, leur parlera des flashgones ou de nous, la programmation s'activera et leur mémoire sera vidée de toutes les informations nous concernant.

– Et c'est déjà arrivé ?...

– Il n'y a pas eu de kidnapping. Mais ces quatre derniers mois, il y a eu des fuites d'informations et elles ont été stoppées par ce procédé.

En comprenant que tout danger allait être écarté, au moins pour quelque temps, ils se sentirent tous soulagés.

– Voilà qui va nous simplifier la vie... dit Amy. Je commençais à me demander ce que nous allions faire de ces prisonniers.

– Moi aussi... ajouta Lucas. Mais cela signifie aussi que nous ne saurons jamais qui sont les commanditaires de l'enlèvement de Téa et de la mort de Mercè.

– Peut-être un groupe de gangsters ordinaires, tombés par hasard sur cette opportunité et prêts à la vendre au plus offrant... proposa Brian.

– Ou pourquoi pas un groupe de militaires ?... il y a environ deux cents états dans le monde. Le réseau des flashgones pourrait être la fin des frontières... les nationalistes en tous genres ne vont pas aimer ça ! s'exclama Lucas.

Brian eut un rire sarcastique.

– Qui sait... dit-il.

Et il se leva, alla dans la chambre vérifier que les prisonniers restaient tranquilles puis sortit de la maisonnette sans dire un mot.

Mathis quitta aussi sa chaise, enfin vraiment détendu, et fit le tour de la pièce. Il remarqua des seaux métalliques et des vilebrequins devant le buffet. Et aussi un objet dont il connaissait l'usage bien spécifique.

Il le brandit à bout de bras devant ses amis surpris, en s'exclamant :

– J'offre dix litres de sirop d'érable, à qui d'vine c'que c'est !

Téa, Nadia et Lucas s'esclaffèrent. Mathis crut qu'Harvey allait parler.

– Toi, continue de te taère ! Lui dit-il avec son accent.

– Mathis ! C'est trop facile ! C'est une sorte de gouttière qu'on insère dans un érable pour récolter la sève.

– Oui, mais son nom ?

– Euh… une goudrelle, continua Téa.

– Bravo ! Et nous, on dit aussi un chalumeau.

Mathis posa l'objet, soudain sérieux. Il regarda Harvey, secoua la tête doucement puis s'adressa à Téa, Nadia et Lucas :

– Il faudra revenir en mars ou avril, l'an prochain, au moment de la récolte, pour une partie ed'suc…

Une horloge accrochée au mur affichait vingt deux heures trente précises lorsqu'une Pontiac verte vint se garer devant la maisonnette. Lucas sursauta tandis que Mathis s'exclamait :

– C'est mon char !

21

Amy alla immédiatement à la fenêtre et leur dit :
– Oui, c'est la voiture de Mathis mais attendons de voir qui vient…

Elle ne connaissait pas Séverino mais en voyant la petite silhouette qui descendait du véhicule côté passager, elle sut qu'un HN°KL l'accompagnait. Brian apparut derrière les nouveaux venus et ils échangèrent des signes. Nadia, Lucas et Téa se levèrent à leur tour.

Dans un premier temps, le journaliste crut voir un enfant déguisé pour un carnaval hors saison, voire un épouvantail échappé d'un champ voisin… Le petit bonhomme portait un chapeau de paille, de grandes lunettes de soleil bien qu'il fît nuit, une longue gabardine et des gants. Le bas de son visage, masqué par des bandes de gaze, ne montrait pas sa bouche. Et sa démarche paraissait loufoque : ses genoux semblaient se décaler vers l'extérieur, sa droite ou sa gauche, à chaque pas...
Nadia observa intensément Lucas sans rien dire.
Séverino entra le premier, suivi d'Aïnari. Personne ne s'approcha vraiment mais Lucas constata que la tête du petit bonhomme lui arrivait au niveau du cœur.
La petite silhouette leur fit un signe de sa main couverte d'un gant apparemment mal ajusté et se tourna vers Lucas. Malgré

l'accoutrement bizarre, malgré les lunettes noires, le journaliste ressentit l'impact intense d'un regard pourtant invisible.

Il eut une sensation étrange de ralenti qu'il compara à une apnée ou une apesanteur. Et une soudaine chaleur l'enveloppa comme s'il venait de passer d'un espace climatisé à un désert, sous un soleil au zénith.
Et soudain il sut…

Séverino les tira tous de leur immobilisme :
– Boa tarde… euh, bonsoir… si vous voulez bien, nous allons voir immédiatement les prisonniers. Aïnari a peu de temps…
– C'est par ici, dit Amy en indiquant la porte de la chambre.

Brian, resté devant la maisonnette, entra à son tour et referma derrière lui.
– Eh bien, il va falloir encore porter ce jeune homme, dit-il en désignant Harvey. Lucas ? Mathis ? Nous allons l'asseoir contre un mur, dans la chambre.
– Non ! Non ! hurla soudain Harvey, en se débattant dans le fauteuil.
– Allons, allons, ils ne vous feront aucun mal. Vous n'oublierez que les évènements récents… et même pour vous ce sera mieux ! dit Brian.
– Es-tu si fier de c'que t'as fait ? demanda Mathis. T'as bin d'la chance de ne pas aller faire un p'tit séjour à Bordeaux !

Harvey en vint à crier des insultes mais un silence inattendu se fit dès qu'ils franchirent la porte de la chambre. Lorsque les trois hommes revinrent, Nadia demanda à Mathis :
– Pourquoi lui as-tu parlé de Bordeaux ?
– C'est le nom de la prison à Montréal. C'est comme quand vous dites : un p'tit séjour à la Santé.

Tous sourirent sauf Lucas qui haussa les sourcils et leur dit posément :

– Hmm… à propos, êtes-vous certains que c'est sans risque pour la santé d'Harvey ?

– Tout à fait !... répondit Nadia. Cette amnésie partielle ne va pas bouleverser leur vie… et eux nous auraient éliminés, tu le sais ! Tu as des scrupules ?

– À vrai dire, non...

Brian ne lui laissa pas le temps de continuer :

– Séverino vient de nous dire que la navette d'Aïnari a été descendue par la FAB, la Force Aérienne Brésilienne, et qu'un de ses amis est mort dans le crash.

– Comment est-ce possible ? demanda Lucas.

– Le bouclier de leur vaisseau est tombé en panne après leur entrée dans l'atmosphère. Un bouclier différent de ceux que nous avons : il désactive tout objet qui s'en approche… et manque de chance, ils ont été pris en chasse par deux Mirages et touchés par leurs missiles…

– Maudite marde !...

Et Mathis exprimait bien ce que tous pensaient…

– Mais pourquoi ne transitent-ils pas pour rejoindre la Terre ? demanda Lucas.

– Ils nous ont dit que la ceinture de Van Allen, une ceinture de radiations qui entoure la planète, perturbe le bon fonctionnement des flashgones, même aux pôles, précisa Brian.

– Une technologie si avancée, perturbée par un phénomène aussi banal en apparence ?...

– Pourquoi dis-tu que c'est un phénomène banal ? La Terre semble présenter des caractéristiques peu courantes dans l'univers… qui ont justement permis l'apparition de toutes ces

164

formes de vie que nous connaissons.

Comme si cette dernière remarque de Brian était plus extraordinaire que les précédentes, ils restèrent tous sans voix pendant plusieurs secondes.
Puis Amy vint s'asseoir sur le banc face à Nadia et Brian se glissa à ses côtés. Nadia observa alors les bijoux d'Amy qu'elle n'avait pas remarqués dans le feu de l'action. Elle aima son collier fait de lanières de cuir, de perles rondes, de cônes de bois et de triangles d'un métal noir. L'ensemble mettait en valeur une opale translucide grande comme l'ongle d'un pouce.

Lucas alla s'asseoir dans le fauteuil proche de la cheminée dont l'âtre débordait de bouquets de graminées séchées, sous une hotte conique en cuivre épais. Il mit ses deux écouteurs et ferma les yeux.
Mais Amy demanda alors à Brian :
– Et nous, que faisons-nous après leur départ.
– Euh… voici ce que je propose…

Nadia fit un signe à Lucas. Il retira ses écouteurs et s'approcha. Brian continua :
– Séverino et Aïnari repartent avec la Chevrolet, car je présume que vous, Mathis, vous préférez reprendre votre voiture.
– Oui, puisque c'est possible.
– Alors, si vous êtes d'accord, avec Téa vous déposez Harvey chez lui.

Le québécois regarda Téa qui hocha la tête.
– D'accord, dit-il.
– Ensuite, continua Brian, Amy et moi, nous ramenons le van avec les gangsters. Et nous les abandonnons discrètement devant l'hôpital de Chicoutimi. Ensuite, je téléphone d'une

cabine voisine pour alerter le personnel de leur présence. Et vous, Nadia et Lucas, vous prenez la Ford pour nous suivre et nous récupérer. C'est d'accord ?
– Oui, dit Lucas après un regard vers Nadia.
– Et ceci fait, nous nous retrouvons chez Mathis… Ah ! J'allais oublier : Mathis, vous voudrez bien rendre les deux voitures à l'agence de location, demain ?
– Naturellement.
– Des questions ?

Ils se regardèrent les uns les autres. Brian ouvrit la bouche comme pour conclure mais Mathis leva la main, toussota, et hésita encore deux secondes avant de dire :
– Vous allez peut-être vous dire que j'suis sauté mais j'pense qu'il faudrait laisser quelques piastres aux propriétaires de cette cabane… même si nous nous sommes invités malgré nous… et je propose de faire les poches de ces tarlas qui voulaient nous voler… êtes-vous tous d'accord ?
Ils éclatèrent de rire et allèrent vider les poches des malfrats inconscients.
Après quoi, Mathis et Nadia allèrent laver la vaisselle qu'ils avaient utilisée pendant que Téa passait aux toilettes et Lucas retournait à ses réflexions. Brian vida les cendriers et les leur tendit puis ouvrit une bière et s'approcha de Lucas.
– Qu'est-ce que vous écoutez ?
– « Live in Switzerland ».
– Ah oui… de Pat Metheny… je suis fan ! Et « Travels », vous connaissez ?
– Bien sûr !
– Voulez-vous que je vous dise ce que je vais faire dès mon retour ?
– Volontiers.
– Avec une jolie Kate j'espère, je vais sillonner la route 66, en

bécane. De Chicago à L.A. : trois mille cinq cents milles. Hélas, il faudra prendre l'avion jusque là-bas… Sans les roues, une moto pourrait tenir dans un flashgone mais impossible d'en parler à Kate !
– Pourquoi ne pas les louer à Chicago ?
– Je suis persuadé que Kate ne voudra que la sienne.
– Comme quoi, la divulgation du réseau, dans le monde entier, ne sera pas sans problèmes !
– Lucas, ce que je veux vous dire, c'est d'essayer de voir le bon côté des flashgones !
– OK… moi, je veux surtout rester du côté de Nadia…

Brian eut un large sourire qui semblait signifier : « voici le bon choix ».
– En tout cas, hit the road, Brian !
– Thanks, Lucas.
Lui aussi prononçait « Loucas ». Alors ils échangèrent un regard franc et lucide, rempli de sympathie réciproque. Puis Brian se retourna car la porte de la chambre s'ouvrait. Séverino apparut, suivi par Aïnari qui resta légèrement en retrait. Avec l'air de s'adresser à une famille après une intervention chirurgicale, le brésilien annonça :
– Voilà, c'est fait. Pendant quelques heures, ils seront inconscients…
– Parfait, dit Brian. Nous aurons amplement le temps de nous débarrasser d'eux !
– Tudo bem… continua Séverino. Aïnari va transiter chez Majhong, un homme qui l'amènera à son rendez-vous avec une autre navette, dans le Pacifique…

Aïnari balança la tête, de droite à gauche, et inversement, lentement. En faisant abstraction des ondes intenses qui émanaient de cet être, et avec ce visage bandé, Lucas aurait facilement cru qu'un enfant jouait à l'homme invisible ou au grand brûlé…

– Eh bien, au revoir et peut-être à un de ces jours… conclut Séverino.

Ils sortirent et les autres ne quittèrent leur immobilité involontaire que quand la Chevrolet klaxonna après avoir démarré.

Ensuite tout alla très vite. Les gangsters furent portés à l'arrière du van et Harvey dans la voiture de Mathis. Quelques minutes après vingt trois heures, ils quittèrent la cabane. Et après avoir procédé comme Brian l'avait proposé, ils se retrouvèrent chez Mathis.

L'intensité des évènements avait tissé des liens forts et il y eut un moment de flottement avant qu'ils ne se séparent. Brian fut le premier à s'éclipser après les avoir tous invités à découvrir l'automne dans le Maine. Amy, quant à elle, leur parla du festival de Théâtre d'Adélaïde, ville dans laquelle elle connaissait un membre du réseau. Avant de se volatiliser, elle leur assura qu'il ne fallait pas manquer David Gulpilil, un comédien aborigène rare…

Quelques secondes après son départ, Lucas dit en aparté à Nadia : « Nous n'aurons pas besoin de prendre le Vol 714 pour Sydney… ». La jeune femme sourit avec indulgence à cette boutade, une allusion à Hergé. Et après avoir jeté un coup d'œil à Mathis et Téa qui bavardaient dans un autre angle de la pièce, elle mit une petite claque sur une fesse de son amant et demanda :

– Alors… tu es d'accord pour devenir un relais ?

– Est-il vraiment indispensable que je sois… programmé par l'un d'eux, pour avoir un flashgone ?

– Eh oui…

– Je suis loin d'être partant... mais comment pourrais-je me passer d'un accès, instantané et gratis, à ta chambre ?

Il y avait tant de douceur et d'amusement dans les yeux de Lucas que Nadia en resta bouche bée.
– Eh bien, dans ce cas, embarquement immédiat pour le Pacifique... finit-elle par dire.

Ils allèrent embrasser Téa qui restait sur place pour la nuit, saluèrent Mathis et rejoignirent l'aire du flashgone. Mathis et Téa leur firent un dernier signe de la main. À minuit, Nadia et Lucas disparurent après avoir dit qu'ils n'aimaient pas les moustiques...

22

Lorsqu'ils se matérialisèrent à Rangiroa, ils eurent un léger sursaut de surprise. Aïnari semblait se prélasser dans un transat, à côté d'un coffre rond en feuilles de bananier tressées. L'HN°KL agita lentement la main gauche, apparemment en signe de bienvenue. Une main qui n'avait que trois doigts dont un long pouce opposable. Une main presque humaine…

De sa bouche sans lèvres sortait un tuyau relié à un cube noir posé sur le sol à côté de lui. Nadia et Lucas devinèrent qu'il buvait ou mangeait, ou les deux simultanément.

Avant leur arrivée, il s'était délesté de sa tenue hétéroclite et leur apparaissait maintenant dans une combinaison flottante noire aux reflets métalliques. Ses chaussures évoquaient des moon-boots. Et sa peau semblait aussi grise et aussi souple que celle d'un dauphin.

– Certains d'entre eux sont jaunes, orangés, beiges, ocres ou noirs… murmura Nadia.

Elle se tourna vers Lucas et observa ses réactions. Puis elle ajouta sur un ton plus malicieux :

– Il mange peut-être de la soupe aux choux…

Lucas qui connaissait le roman de René Fallet, sourit. Si Nadia avait voulu le détendre, elle avait réussi.

– S'il avait un auriculaire, on saurait s'ils l'ont toujours raide…

Nadia mit une seconde à saisir l'allusion à la série télévisée « Les Envahisseurs » puis elle gratifia Lucas d'un sourire grimaçant.

– J'ai déjà vu Nimoël... l'HN°KL qui m'a contactée... de près, une nuit de pleine lune et j'ai découvert que sous la pellicule noire de leurs yeux, ils ont des iris comme les chats.

Mais pour Lucas, en cet instant, regarder l'HN°KL dans les yeux s'avérait impossible. Il tenta d'imaginer qu'Aïnari avait tout simplement des grandes lunettes de soleil. Sauf que la créature semblait le sonder, quasiment le palper et paraissait, elle, impénétrable...

Lucas dut se rendre à l'évidence : il pouvait aisément fixer un félin mais il ne pouvait pas plonger dans ces yeux-là. Du moins pas pour le moment...

De la cuisine arriva un homme grand et massif, vêtu d'un simple bermuda rouge à motifs blancs, et chaussé de sandales en plastique. Sa peau, plus foncée que celle de Nadia, était tatouée de bleu nuit sur les épaules et les mollets. Il jeta un coup d'œil à Aïnari, examina les nouveaux venus avec acuité et dit :

– Iaorana !

Lucas regarda Nadia avec un haussement de sourcil : s'agissait-il de langage HN°KL ?

– Bienvenue, en tahitien... précisa l'homme. Je suis Mahjong.

– Oh ! Merci. Bonsoir. Moi c'est Nadia et voici Lucas.

– Bonsoir.

– Aïnari est arrivé depuis une quarantaine de minutes, dit Mahjong. Mais j'ai préparé le Maoro depuis un bon moment pour le rendez-vous...

– Le Maoro ?

– Mon voilier... dont j'aimerais profiter longtemps, d'où son nom…

– Où allons-nous ?

– À dix nautiques d'ici. Soit… environ dix-huit kilomètres. Ça nous prendra une demi-heure, plus ou moins… le rendez-vous est fixé à dix-neuf heures, dans une heure donc… et j'espère que tout se passera bien en haute mer.

– La navette nous retrouvera là-bas ?

– Oui. Pour leur sécurité, Aïnari et les siens ont choisi ce lieu… bon, on y va ?

– On vous suit.

Aïnari qui, jusqu'à cet instant, n'avait pas bougé d'un pouce si long fût-il, cessa de téter son tube, se leva lentement et rangea son matériel.

Mahjong alla éteindre son ordinateur installé à côté d'une statuette en bois, longiligne, féminine et lisse. Le tahitien plongea tout son faré dans le noir et dit :

– Ah ! Si vous avez une petite faim, j'ai des fruits et du poé sur le Maoro.

Ils sortirent tous les quatre dans la nuit.

Le ressac des vagues se fit plus vivant.

– Du quoi ? demanda Lucas.

– Du poé : ce sont des bananes et de l'arrow-root mixées dans du lait de coco. La nourriture est déjà dans la cambuse.

La maison de Mahjong donnait sur la plage côté lagon. En sentant la chaleur, l'odeur marine, le souffle de la brise dans les cocotiers et les pandanus, Nadia se souvint soudain d'une plage proche de Dakar. Et le visage de Cissé, le premier adolescent

172

qui l'avait embrassée, vint avec netteté la troubler, à son grand étonnement. Alors, répondant à une ancienne habitude, elle se déchaussa pour savourer la douceur du sable, blanc sous la pleine lune.

Mahjong reprit la parole :
– Vous avez de la chance, c'est la saison sèche. Dans la journée, il fera peut-être trente degrés... et pour votre gouverne, si j'ose dire, sachez que Rangiroa qui forme un anneau de deux cent trente kilomètres est un atoll des Tuamotu...

Il désigna d'un trait de lumière, celui de sa torche électrique, un canot pneumatique qu'il fit glisser dans l'eau.
– ... et que nous sommes à trois cent cinquante kilomètres au nord-est de Tahiti.

Lucas retira ses baskets et mouilla le bas de son pantalon jusqu'aux genoux.
Aïnari entra dans le lagon avec ses simili-moon-boots et ils en déduisirent que toute sa combinaison était étanche.
Quand ils furent dans l'annexe, Nadia tira Lucas par le bras, l'éloignant ainsi d'Aïnari. Et ce geste d'intimité le soulagea de l'appréhension qui le gagnait à l'approche du contact avec la navette. Il n'y vit qu'un mouvement de tendresse et ne comprendrait réellement la motivation de la jeune femme que quelques minutes plus tard...
Le voilier, un cotre avec une coque en acier Pelican Blue, était mouillé à moins d'une encablure de la plage, entre une patate de corail à fleur d'eau et deux bouées.
Mahjong et Nadia se hissèrent sur le pont. Lucas suivit puis tendit spontanément une main à Aïnari.
– Non !... s'exclamèrent Mahjong et Nadia.

Lucas sursauta, les regarda et demanda :
– Eh bien, quoi ?
– Nous ne devons pas les toucher… certains d'entre-nous subissent un choc dermique… tombent malades à leur contact, expliqua Mahjong.
– Oh !... fit Lucas sans s'affoler.

Et il laissa passer Aïnari. Puis Mahjong largua les amarres, remonta l'ancre à jet et procéda aux manœuvres, toutes ramenées au cockpit où Nadia, Lucas et Aïnari s'assirent.
– Aïta péa péa, murmura Mahjong.

Nadia l'entendit et demanda :
– Qu'est-ce que tu dis ?
– Ça veut dire : à la grâce de Dieu... Eh, Lucas ! Attention à la bôme.
– Oups… merci.
– Je sais que la Suisse a gagné plusieurs fois l'America's Cup… mais je parie que tu ne faisais pas partie de l'équipage !

Mahjong éclata d'un rire énorme mais fraternel. Nadia en fit autant avec légèreté, et Lucas crut même déceler quelque chose comme de l'amusement chez Aïnari…
– Oui !... répondit-il sans acrimonie. Étonnant pour un pays qui n'a pas accès à la mer, n'est-ce pas ?

Mahjong sourit, redevint plus sérieux, se campa fermement à la barre et leur dit :
– Dans une minute, nous allons franchir la passe de Tiputa.

Dès qu'ils l'eurent dépassée, le calme du lagon fit place au ressac sur la barrière de corail. Lucas se demanda s'il n'allait

174

pas avoir des nausées bien que la houle fût légère. Il observa Nadia : elle s'était bien calée sur la banquette, avec les deux jambes et le bassin, et avait laissé le haut de son corps se détendre. Visiblement, avec sensualité et nonchalance, elle se régalait de la nuit tropicale et des mouvements du voilier.

Aïnari quitta le cockpit, s'installa posément vers la proue et retira le haut de sa combinaison.

Les trois humains ouvrirent alors de grands yeux : des flux de lumière couraient sur les bras et la poitrine de l'HN°KL.
– Il est bioluminescent !... constata Mahjong.
Des dauphins tursiops apparurent, émirent des sons joyeux et firent des cabrioles autour du voilier.
– À mon avis, il joue avec eux...
– On le dirait bien, approuva Nadia.
– Je les savais comme les dauphins sur un point : ils ne dorment pas... ou plus exactement, un hémisphère du cerveau après l'autre. Ils sont aussi comme les poissons clowns ou les mérous : ils changent de sexe au cours de leur vie. Ils naissent tous mâles et deviennent ensuite femelles. Selon ce qu'ils m'ont dit, ils vivent environ mille ans et se métamorphosent vers trois cent trente ans...

Malgré les chants et la présence persistante d'une demi-douzaine de cétacés, Aïnari n'avait fait aucun signe. Les palpitations lumineuses de son corps, et peut-être des vibrations invisibles émises mentalement, semblaient être effectivement un langage.

Le Maoro filait à vingt nœuds dans le Pacifique et fendait des vagues argentées sous la lune. La beauté de l'instant calma partiellement l'inquiétude de Lucas. Mais il décida néanmoins de se faire préciser par Nadia ce qui l'attendait dans la navette HN°KL.

À l'instant où il allait poser une question, Mahjong reprit la parole :

– Saviez-vous qu'ils absorbent quelque chose pour pouvoir respirer sur terre ? Un produit qui modifie la composition chimique de leur sang pour une durée limitée... mais je doute qu'Aïnari soit en manque et que ce soit ça la cause de son mutisme. Ou que son synthétiseur vocal soit en panne.

Fasciné, Lucas en vint à poser une autre question :

– Ils ne parlent que l'anglais ?

– Non... mais en réalité, ils ne le parlent pas. Leur synthétiseur imite la voix humaine et fait aussi fonction de traducteur. Je crois plutôt que ce qui rend Aïnari muet, c'est la mort de son ami...

– C'est déjà arrivé ?

– Oui, à Varginha, en quatre vingt seize, ils ont déjà eu un sérieux problème... mais Aïnari l'ignorait... ils ne sont pas infaillibles, comme tu vois. Ce n'est pas la première fois qu'il y a un crash. Mais c'est la première fois qu'on les abat... et la dernière, j'espère.

– J'ai entendu parler d'un engin triangulaire qui a été poursuivi, en quatre vingt onze, par deux chasseurs F16 de l'armée belge, mais je n'ai jamais entendu dire qu'ils se laissaient atteindre...

– Effectivement... sans la panne de bouclier, cela ne se serait pas produit.

Mahjong cessa d'observer Aïnari et laissa errer son regard au loin sur l'océan blanchi par la pleine lune. Il eut un sourire sarcastique et dit :

– Ils avaient déjà renoncé à contacter nos représentants

officiels… cet incident va les conforter dans leur choix.

– Ah… pourquoi ? demanda Lucas.

– Dans leur structure sociale, il n'y a pas d'élus. Leur société est constituée d'ensembles et de sous-ensembles d'individus, de lignées et d'une sorte de Dreamtime. Ils agissent au sein d'un réseau, un Web mental. Et ils semblent estimer que nos représentants sont surtout motivés par leurs intérêts personnels et ont des réactions impulsives…

– Plutôt anar, alors ?…

– Non. Ils se soumettent à des lois : celles de l'univers.

– Celles de l'univers… et d'où viennent-ils ?

– Actuellement, d'un vaisseau vaste, un vaisseau mère si vous préférez, caché dans la ceinture de Kuiper, une ceinture d'astéroïdes au-delà de l'orbite de Neptune. Là ou Pluton se balade… Et ils ont aussi un vaisseau beaucoup plus petit qui sert de base intermédiaire pour les navettes, sous la surface de l'océan d'Europe, un satellite de Jupiter. Mais, à l'origine, d'une planète située à des dizaines d'années-lumière.

– Il est de quelle taille, leur vaisseau vaste ?

– C'est une sphère de trois cent quarante kilomètres…

– Wow !

– Comme tu dis… un dixième de la lune !

– Et personne n'a décelé sa présence ?

– Dans l'espace, ils ont un système de camouflage très efficace. Qui plus est, dans la ceinture de Kuiper, il y a soixante dix mille corps célestes dont le diamètre dépasse cent kilomètres…

Lucas émit un sifflement d'étonnement qui attira sur lui le regard scintillant d'Aïnari et il espéra que ce son n'était pas un juron pour lui…

Mais l'HN°KL ne dit rien.

Et Mahjong continua :

– Le vaisseau d'Aïnari stationne dans la ceinture de Kuiper

depuis six mois... mais un vaisseau vaste fait escale dans notre système solaire, à peu près tous les ans, depuis une dizaine d'années...

Lucas fit un rapide calcul et resta sans voix. Nadia intervint :
– À vrai dire, je suis persuadée que nous avons eu d'autres visiteurs avant les HN°KL. Au Pérou, on a trouvé des pierres gravées très anciennes : on y voit clairement des dessins de transplantations d'organes ou de transfusions sanguines. Au Mexique, dans les ruines d'une cité Maya, Palenque, il y a la célèbre dalle sur laquelle un pilote apparaît en relief. En Australie, et Amy les a vues, il y a des peintures rupestres, vieilles de plusieurs milliers d'années qui montrent des silhouettes aux yeux ovales et scintillants... et la liste n'est pas finie...
– Eh bien... pourquoi les chercheurs comme toi n'en parlent-ils pas plus ?

Nadia eut un rire joyeux.
– Toi, tu me demandes ça ?... je tiens à pouvoir faire mon métier comme les autres !
– Ah !... évidemment...
– À propos : à Santa Pola, nous avons bel et bien exhumé un masque en or, haut de vingt huit centimètres, dont l'âge estimé est de six mille ans...

Soudain, Aïnari se leva, enfila le haut de sa combinaison et se tourna vers l'est.
– Et dont les yeux sont spéciaux : deux grandes obsidiennes ovales qui ressemblent étonnamment à ceux d'un HN°KL...

Nadia avait achevé machinalement sa phrase, en scrutant dans la même direction qu'Aïnari.

Mais seules des vagues blanches et noires dansaient sous un ciel parsemé d'une myriade d'étoiles…

Mahjong mit le Maoro à la cape et le voilier s'agita doucement sur place. Lucas et Nadia échangèrent un regard long et paisible, de la même eau que ceux qu'ils avaient déjà eu après avoir fait l'amour.

Un son qui leur fit penser à celui d'un didjéridoo s'amplifia, mêlé au chant de la houle. Il émanait de la navette des HN°KL. Elle volait au ras des flots et soudain elle fut là, noire, absorbant les reflets, immobile. Au-dessous d'elle, la surface de l'océan se creusa sur une trentaine de mètres de diamètre. Un souffle d'air et une petite vague, générés par l'engin, remuèrent le voilier. La présence de cette bulle venue de l'espace se révélait aussi hallucinante qu'anodine au milieu de cette immensité calme.

Un champ magnétique se fit perceptible et Lucas ressentit un léger malaise.

– Je ne m'attendais pas à voir une sphère… dit-il.

Nadia éclata d'un rire léger qui le surprit :

– Ils ont différents modèles… ça, c'est un coupé sport…

Une ouverture circulaire se révéla : le cercle qui constituait la porte se détacha de l'engin, plana à environ un mètre au-dessus des vagues et vint survoler le pont du Maoro. Aïnari monta dessus, fit un signe de la main et, de sa voix synthétique, leur dit :

– Merci. Pour votre aide. Peut-être serai-je de ceux qui reviendront, pour l'extension de votre réseau. Adieu !

Lucas découvrit l'étrangeté de ces paroles : un assemblage de voix humaines, masculines et féminines, qui couvrait les cliquetis et les doux sifflements émis par l'HN°KL.

Aïnari rejoignit la navette et disparut.

Nadia toucha doucement l'épaule de Lucas. Alors il demanda :

– Tu es sûre qu'ils ne vont pas me garder pour un trek dans les étoiles ?…

Nadia saisit l'allusion à la série américaine. Elle lui ébouriffa les cheveux et ils se sourirent, heureux d'être déjà unis par ces évènements intenses.

– Certaine ! Et à ton retour, « Fly me to the moon »… répondit-elle d'un ton malicieux.

– Et laisse-moi jouer dans les étoiles… ajouta Lucas, en continuant la chanson.

23

Le disque volant était déjà revenu. Lucas y grimpa et constata qu'un revêtement antidérapant l'aidait à s'y tenir debout aussi facilement que sur un escalator. En atteignant l'ouverture, il se baissa suffisamment pour se glisser dans la navette. La porte se referma.

Vingt minutes plus tard, elle se rouvrit et Lucas revint, assis en tailleur, les mains posées sur le disque. Il en descendit lentement pour reprendre pied sur le pont mouvant du voilier, en acceptant la main de Nadia. Mahjong hissa la grand voile et le Maoro revint à Rangiroa par vent arrière, grand largue.

Lucas ressentit alors une grande fatigue. Il émit un bâillement digne d'un Wooki et se laissa bercer par le léger tangage. Nadia vint se blottir près de lui et, après avoir fait un rapide calcul mental, estima qu'ils n'avaient pas dormi depuis bientôt vingt quatre heures.
Ils somnolèrent pendant le trajet du retour et n'ouvrirent les yeux qu'en entendant Mahjong annoncer :
– Debout moussaillons, tous au canot.

Dans son faré, il leur désigna cinq portes et leur dit :
– Ici c'est ma chambre où je vous propose de dormir... ici la salle de bain, ici les toilettes, ici la cuisine et là mon bureau où

je peux ronfler sans gêner, dans le canapé lit... ça vous ira ?
– Bien sûr, ce sera parfait, répondit Nadia.
– Absolument... approuva Lucas en baillant.
– Alors bonne nuit, dit Mahjong.
– Merci et bonne nuit, à demain...
– Ah ! Demain matin, je bosse. Nous nous reverrons à midi, d'accord ?
– D'accord, dit Lucas.
– Aucun problème, ajouta Nadia en baillant à son tour.

Mahjong sourit et les laissa. Lucas se dévêtit rapidement pendant que Nadia allait dans la salle de bains. Lorsqu'elle revint, il s'était déjà glissé dans le lit mais il demanda, d'une voix ensommeillée :
– Y a-t-il un côté que tu préfères ?
– Tu veux dire : lagon ou océan ?... ça m'est égal. Dors bien, mon amour.

Et elle lui posa un baiser sur la bouche avant de se lover derrière lui.

Lucas se réveilla le premier, trouva un mot de Mahjong sur la table de la cuisine et le lut. Après quoi, il prépara un petit déjeuner pour deux. Et quand Nadia apparut dans la simple nudité d'une beauté qu'on vient d'enlever au sommeil, il faillit laisser choir une soucoupe...
Ils s'embrassèrent tendrement et Lucas lui dit :
– Cette tenue te va à merveille... mais, au cas où tu voudrais t'habiller, Mahjong nous prête quelques vêtements...

Il montra des chemises en batik et des bermudas posées sur le dossier d'une chaise. Nadia détailla alors Lucas et éclata de rire.

– Si toi tu flottes déjà dans l'une de ses chemises… à moi elle me servira de robe ! Mais bon, pas de doute : avec cette chaleur, ce sera plus agréable.

Ils déjeunèrent sur la terrasse, caressés par une légère brise, à côté d'une grande souche blanchie par le sel et le soleil, une statue naturelle de méduse inversée. Du linge séchait sur un fil et remuait doucement à côté d'un ciré jaune citron. Une sterne qui s'était posée sur l'un des fûts bleus en plastique rangés à proximité, s'envola. Sur le toit de tôles peintes en rouge, la parabole inscrivait un cercle blanc dans le vert intense des palmiers. Seuls le clapotis des vagues et le chuintement des feuilles restaient perceptibles. Nadia poussa un long soupir :
– Voilà des choses simples que Mercè ne verra pas…

Lucas ressentit la tristesse qui se mêlait à la joie de Nadia. Il lui caressa l'avant-bras et demanda :
– Je présume qu'aller à la crémation est encore possible ?
– Oui, bien sûr… et nous irons.

Les yeux verts de Nadia s'embuèrent et ils se turent de nouveau. Puis soudain, deux chiens passèrent en aboyant et disparurent au bout de la plage.
Nadia et Lucas se sourirent et se levèrent. Ils allèrent au bord de l'eau en chemise et pieds nus.

Le faré s'ouvrait du côté du lagon et les lieux semblaient déserts. Ils décidèrent de se baigner lui en shorty et elle en soutien-gorge et string. Et ils laissèrent les chemises sur une pirogue à balancier tirée sur le sable et couverte de palmes. Le regard de Lucas s'attarda sur les jambes longues et fines, le ventre doux et les seins ronds, et enfin sur la bouche si sensuelle, sur laquelle se dessinait maintenant un sourire mutin.

Ils nagèrent, s'éclaboussèrent ou s'embrassèrent un long moment dans l'eau limpide. Quand ils revinrent s'allonger sur le sable, là où il restait humide et tiède, Lucas se souvint de leur conversation de la veille interrompue par la fatigue.
Et il demanda sans préambule :
– Que nous veulent-ils ?
– Eh bien, en réalité, rien... ils ne font que passer... ils déménagent.
– Ils déménagent ?
– Oui. Car leur planète sera détruite dans une vingtaine d'années, par une super nova, l'explosion d'une étoile très proche de leur soleil...

Nadia s'étira, tapota les vagues et continua :
– Ils vont vers une autre planète, à plusieurs dizaines d'années-lumière de nous et qui leur convient beaucoup mieux que la Terre.
– Ah... et ils nous disent bonjour en passant, c'est ça ?...
– Plus ou moins. Le passage par la Terre leur fait faire un petit détour mais il leur est indispensable : ils font le plein de carburant et de nourriture.
Lucas haussa les sourcils et ouvrit de grands yeux, avec ostentation. Nadia comprit la question muette.
– Plus précisément, ils prélèvent de l'eau de mer qu'ils transforment en énergie. Et on peut dire aussi qu'ils pêchent...

Lucas écarquilla les yeux et fit une fausse grimace de désappointement.
– En quelque sorte, nous ne sommes pour eux qu'une station-service ?...

Nadia fronça les sourcils, fit semblant d'être offusquée et répondit gaiement :

184

– Quasiment.

– Est-ce qu'ils ont également besoin de plastique ?

– Euh… je ne sais pas. Pourquoi ?

– Ils nous auraient débarrassé du continent de plastique… celui du Pacifique est grand comme trois fois la France !

– Hélas, je pense que non...

– Et ils nous laissent les flashgones en échange, c'est ça ?

– Oui, plus deux ou trois autres babioles technologiques… ce vaisseau vaste est le dernier. Mais ils ont dit qu'un autre reviendra dans une ou deux décennies, pour évaluer les conséquences de l'implantation du réseau. Et pour nous aider, éventuellement…

Nadia s'étira encore et se cambra légèrement. Lucas fut captivé par les globes de ses seins et en oublia une seconde les soleils lointains… Mais il revint aux HN°KL :

– Des gens honnêtes, je dirais… sauf si ce prélèvement bouleverse l'équilibre de la Terre…

– Ce ne sera pas le cas. En huit décennies, la quantité d'eau absorbée par tous les vaisseaux n'est qu'une goutte d'océan…

– Et depuis huit décennies, tous les gouvernements nous cacheraient cette réalité ?…

– Selon eux, ce serait pour éviter une panique mondiale… mais il paraît que même certains présidents sont tenus à l'écart de toutes les infos.

– Ça, je veux bien le croire ! Cela dit, dans un monde aussi divisé et conflictuel, je me demande comment ils auraient été capable de se mettre d'accord sur un tel secret…

– Souviens-toi qu'en 1992 il n'y avait qu'un million d'ordis connectés à l'Internet…

– Oui, mais ça fait déjà un quart de siècle... Et, à ton tour, souviens-toi que la télé et la presse existent depuis quelques décennies également !

Nadia plongea ses yeux dans ceux de Lucas. Ainsi qu'elle le pensait, il argumentait plus par jeu qu'avec sérieux. Il avait toutes les preuves nécessaires : il venait de voir un alien et de passer un moment dans une navette, en pleine conscience...

Sur un ton enjoué, Nadia poursuivit :
– Maintenant, pour toi, c'est inutile... mais sais-tu qu'il existe une liste, établie par le COMETA, un organisme français très sérieux, de deux mille pilotes civils ou militaires témoins de leurs passages ?
– Tu me l'apprends...
– Tout à l'heure !...
– Hein ?...

Ils échangèrent de nouveau un regard intime et Lucas saisit l'allusion. Il éclata de rire.
– Volontiers !
– Je savais que tu serais d'accord sur ce point...

Ils se sourirent et Nadia reprit :
– Sais-tu qu'en 2001 et 2013 à Washington, au National Press Club, s'est déroulé le Citizen Hearing on Disclosure ?...
– Je l'ignorais.
– ... au cours duquel des militaires retraités, et même l'ancien ministre canadien de la Défense, ont témoigné pour divulguer la vérité.
– Comme quoi, lorsqu'un sujet est hors de notre champ d'intérêt habituel et hors de l'info main stream, il reste aussi invisible qu'un singe parmi des basketteurs...

Nadia qui connaissait cette vidéo du Web éclata de rire.
Lucas plongea dans ses yeux verts pétillants de malice, regarda ensuite l'eau turquoise du lagon puis revint à ses lèvres.

Ils s'embrassèrent et restèrent silencieux un long moment jusqu'à ce qu'un cri d'oiseau très proche les fasse sursauter.
Lucas se leva et dit :
– Et si nous allions préparer le repas ? Mahjong nous a proposé une recette toute simple, sur son message…
– Allons-y !

En suivant les indications de Mahjong, ils préparèrent des bonites crues au lait de coco. Dans le réfrigérateur, ils trouvèrent des oignons, des carottes et des concombres qu'ils découpèrent rapidement en dés.
Ils ajoutèrent des citrons verts et du lait de coco déjà préparé puis mirent le plat au frais. Et en voyant deux ananas, une papaye et une goyave, ils décidèrent qu'ils avaient déjà le dessert.

À ce moment précis, Mahjong franchit allègrement les quatre marches en bois qui menaient à sa terrasse, en s'exclamant :
– Bonjour ! Tout va bien ?
– Tudo bem, aurait dit Séverino… répondit Lucas.
– Quelle mémoire !...
– J'étais spécialement attentif, à ce moment-là… railla Lucas, avec bonhomie, en souriant à Nadia.
– Hmm... Ça m'a l'air très bon… on mange ? demanda Mahjong.

Lucas nota que Mahjong roulait un peu les « r » et se souvint d'un vieux bourguignon chez qui il allait en vacances, dans son enfance, avec ses parents…

Ils passèrent à table et Nadia demanda :
– Dis-moi… à quoi te servent ces scalpels, ces longs ciseaux et ces écarteurs, dans ta cuisine ?

– À mon métier : je possède une ferme perlière et je suis greffeur. Je les ai oubliés là...

– Greffeur ?

– C'est moi qui insère le nucléus dans chaque huître.

– C'est à dire ?

– Le nucléus, c'est simplement une bille minuscule, faite avec de la coquille de moule par exemple. Et ensuite, l'animal va l'envelopper de nacre.

Mahjong continua à égrener, avec jovialité, quelques anecdotes sur la Polynésie et Nadia et Lucas lui racontèrent ce qu'ils venaient de vivre. Puis leur hôte se leva.

– Bien... désolé de vous laisser, mais je dois aller brosser quelques nacres... revenez, si vous voulez, en juillet pour la fête... ou à un autre moment, pour voir des requins dans la passe de Tiputa... allez, au revoir.

– Au revoir. Merci Mahjong. Toi aussi, viens nous voir, nous t'accueillerons par un Iaorana...

– Avec plaisir... à propos, ici le code pour transiter est : aïta péa péa...

Ils le suivirent des yeux jusqu'à la longue passerelle sur pilotis faite de deux planches qui menait à sa ferme perlière, à plusieurs centaines de mètres de là. Ils se firent un dernier signe de la main, nonchalant.

En se retrouvant seuls sur la terrasse, Nadia et Lucas sentirent que la langueur et la fébrilité du désir alternaient en eux, au rythme apparent des vagues. Nadia caressa doucement une joue râpeuse de son amant et demanda avec un regard malicieux :

– Dis-moi, si je t'avais dit toute la vérité, tout de suite...

– Hmm ?...

– Qu'aurais-tu pensé ?

Il eut envie de lécher les pommettes hautes de la jeune femme, s'abstint sans savoir pourquoi et répondit :

– Je t'aurais prise pour une follache…

– Une quoi ?

– Une folle !

Elle rit, lui ébouriffa les cheveux un peu plus qu'il ne les avait déjà et ajouta :

– Quand Eugène Dubois a exhumé, à Java, le fossile du pithécanthrope… et qu'il l'a déclaré vieux de sept cent mille ans, personne n'a voulu le croire.

– Notre ancêtre, un pitre qui fait la java ?… ce n'est pas sérieux…

– Pitre toi-même !

Cette fois, ce fut Lucas qui se pencha au-dessus de la table et lui donna un baiser léger. Et Nadia retint son amant pour le prolonger. Puis elle poursuivit :

– Il y avait de quoi douter : l'homo sapiens n'est âgé que de trois cent mille ans. Et d'ailleurs, je me suis amusée à faire une petite équivalence : j'ai ramené l'âge de la planète à une année et j'ai donc calculé l'âge proportionnel de l'homo sapiens… une idée du résultat ?

– Quatre milliards et demi d'années pour la terre… ça fait… ça fait… un calcul bien trop compliqué pour moi !

– Trente cinq minutes.

– Eh bé, nous on est de la rosée du matin !

– Les HN°KL existent depuis sept fois plus longtemps. Donc six cents mille ans avant l'homme de Java !

– Ça explique pourquoi ils sont plus évolués ! Mais dis-moi, les vestiges découverts sous la cathédrale de Genève ne datent que de deux mille trois cents ans… ça date de deux minutes, pour toi ! Tu veux toujours aller les voir ?

– Oui, ce sera un amusant de jouer à la souris dans un gruyère !

189

– Merci ! Ceci dit, en Suisse, le gruyère n'a pas de trous…
c'est dans l'Emmentaler qu'il y en a.
– Bien… tu seras donc mon homme de l'Emmentaler !
– Avec joie… mais je t'emmènerai aussi à Gruyères, visiter le
musée Giger.
– Une exposition de fromages ?
– Non… d'aliens !

Elle éclata de rire puis contempla une ligne de nuages
boursouflés à l'horizon.
– Je ne suis pas certaine que cela me fasse aller au septième
ciel…
– C'est ce que tu désires ?
– Oui… et si on allait dans ma chambre ?
– Ce soir ?
– Oui… autrement dit : tout de suite et demain.
– Comment ça ?
– Il est treize heures… donc, si nous transitons maintenant,
nous serons à Biarritz à une heure du matin… et demain.
– Ça c'est de la précision scientifique, tout à fait digne d'une
horloge suisse…
– Ah oui ?… eh bien, dans mon lit, je serai une follache !
– Merveilleux !... et moi, devant ce corps céleste… je ne vais
pas rester neutre…
– Bon, on y va, au lieu de palabrer ?

Ils se sourirent et se levèrent dans le même mouvement. Et,
quelques minutes plus tard, ils quittèrent l'atoll dans une perle
de lumière.

CPSIA information can be obtained
at www.ICGtesting.com
Printed in the USA
LVHW010538030920
664818LV00004B/530

9 782322 239757